神话怪物图鉴

神话传说中的
ANCIENT GOD

凶神

枣仙儿 ■著
金艺晟 ■绘

U0731682

北京联合出版公司
Beijing United Publishing Co.,Ltd.

图书在版编目（CIP）数据

神话传说中的凶神 / 枣仙儿著；金艺晟绘. —北京：北京联合出版公司，2016.2
（神话怪物图鉴）
ISBN 978-7-5502-6917-0

Ⅰ.①神… Ⅱ.①枣…②金… Ⅲ.①神话—作品集—中国 Ⅳ.①I277.5

中国版本图书馆CIP数据核字（2016）第001623号

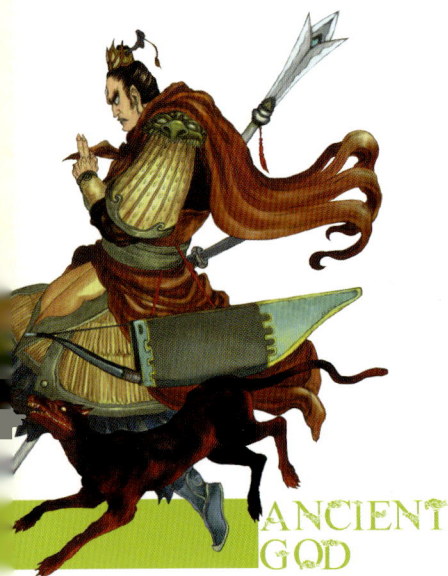

神话传说中的凶神

作　　者：枣仙儿

绘　　图：金艺晟

项目制作：北京慢半拍文化有限公司

责任编辑：李艳芬　王巍

装帧设计：颜森设计

版式设计：吴枫设计

北京联合出版公司出版

（北京市西城区德外大街83号楼9层　100088）

北京山华苑印刷有限责任公司　新华书店经销

字数 84千字　880毫米×1230毫米　1/16　7印张

2016年2月第1版　2016年2月第1次印刷

ISBN 978-7-5502-6917-0

定价：29.80元

CONTENTS 目录

神话传说中的

战帝

huáng dì
黄帝

五帝之首

黄帝头生四面。孔子曾巧妙地解释为：黄帝派遣四个人分别治理四方。

独尊天地

黄帝作为五方天帝的总统领。上至天上地下、各路神仙鬼怪、禽兽麟角，无不为己所用，权倾宇宙，独尊天地。

神兵宝剑

黄帝的宝剑是由九天玄女用采自昆仑山上的红色铜石铸造而成，铸成后宝剑呈青色锋刃，削铁如泥。黄帝曾用它来战蚩尤、砍刑天。

华夏祖先

传说炎帝和黄帝所带领的两个部落在阪泉决战。黄帝带领由人、神、鬼、兽组成的大军经过激烈的厮杀，最终获得了胜利，把战败的炎帝及其部族流放到了南方，给了他南方天帝的名号，自己则做了五方天帝中的最高统治者——中央天帝。

炎帝战败之后，虽然做了南方天帝，可他的后裔及其部族却并不甘心接受黄帝的统治，矛盾与日俱增。终于，炎帝的后裔蚩尤带着他的八十一个兄弟，以及他在南方的部族与黄帝对抗，并在涿鹿展开激战。

传说蚩尤长着八只脚，有三头六臂，同时有铁甲罩身，故而刀枪不入。蚩尤善使刀、斧、戈，打起仗来不死不休，勇猛无比。他的八十一个兄弟个个人面兽身，铜头铁额，以铁块和石头作为食物。蚩尤率魔军直扑黄帝，一路上大开杀戒，沿途尽是尸山血海。黄帝征召各路英雄讨伐蚩尤，然而，由于蚩尤部中魔怪众多，致使黄帝历经十五年也没能镇压住来势凶猛的蚩尤魔军。黄帝忧心忡忡，日夜盼望能有人助他消灭蚩尤。

一天夜里，黄帝做了一个很奇怪的梦。在梦中，他看见大风吹散了漫天遍野的尘垢，只见一个人手拿千钧重的弓弩，驱赶着上万只羊。黄帝突然从梦中惊醒，心中暗想：风是姓氏；"垢"去掉"土"字旁是"后"字，天下有姓风名后的人吗？而能用千钧弓弩，想必定是力大无穷的；能驱赶上万只羊，表示他是个牧羊人，难道是姓力名牧的人？

黄帝宁信其有，便急忙召集部下派人四处寻访名叫"风后"和"力牧"的两个人。经过一番苦寻，部下在海边找到了风后，在泽边找到了力牧。黄帝任命风后为相，力牧为将，再次向蚩尤众军进发。在涿鹿郊野，两军摆开阵势。蚩尤命手下魔怪布下百里大雾，三日三夜不散，使黄帝的兵将辨不清方向，风后见状，遂向黄帝献出指南车。指南车上有一标记，始终指向南方，只要知道南方，便可知另外三个方向。就这样，风后利用指南车破除了大雾的迷障。与此同时，王母派出玄女传授黄帝权谋和兵法，风后凭此演化出奇门遁甲之术。蚩尤见一计不成，又生一计，令魑魅魍魉布下迷魂阵。魑魅魍魉发出的声音使黄帝大军迷失了本性，他们失魂落魄地走向敌军，轻易就被等候在那里的敌人斩下头颅。当得知只有应龙的叫声才能降服魑魅魍魉时，黄帝便立即派出应龙。应龙飞到半空中，一声龙啸，震得魑魅魍魉落荒而逃。蚩尤又命风伯雨师驱风行雨，但黄帝之女女魃一到，立刻就风停雨住了。蚩尤又搬来救兵——高大的夸父族，试图靠其高大的优势打败黄帝的将领，但应龙不负重望又打败了夸父族。双方经过五十二场殊死搏斗，黄帝最终活捉了蚩尤。因蚩尤是不死之身，于是，黄帝命部下割下蚩尤的头颅，与身体分葬两处，使蚩尤永远不能复活。

当蚩尤举兵反抗黄帝的时候，刑天也曾想去参加这场战争，只是因为炎帝的阻止未能加入蚩尤大军。而蚩尤战败被杀后，刑天再也按捺不住满腔怒火，他趁着炎帝不备，偷偷离开南方天庭，径直奔向中央天庭，独自一人向黄帝发起挑战。刑天左手握着青铜方盾，右手拿着一柄名为"戚"的大斧，一路过关斩将，最终劈开重重天门，杀到黄帝宫前。黄帝见刑天挥舞盾斧杀将过来，勃然大怒，拿起一把能击杀万灵的神剑便和刑天搏斗起来。两人剑刺斧劈，从宫内杀到宫外，从天庭杀到人间，直杀到常羊山旁。

黄帝久经沙场，又有九天玄女传授的兵法和神剑，很快便寻到刑天的破绽，将其头颅"咔嚓"一声砍下。刑天头颅被砍，急忙用手四处摸找。为防止刑天找到头颅，黄帝在常羊山下辟开一道深深的裂缝，将刑天的头颅丢了进去，又立刻将裂缝封起。断了头的刑天怨恨难平，致使胸前生出眼睛，腹部长出嘴巴。可此时大局已定，黄帝回到天庭，从此坐稳了天帝的宝座。

神话词典

- 春秋左丘明《国语·晋语四》："昔少典娶于有蟜氏，生黄帝、炎帝。黄帝以姬水成，炎帝以姜水成。成而异德，故黄帝为姬，炎帝为姜。"

- 战国尸佼《尸子》："子贡问孔子曰：'古者黄帝四面，信乎？'孔子曰：'黄帝取合己者四人，使治四方，此谓之四面也。'"

- 西汉司马迁《史记·五帝本纪》："黄帝者，少典之子，姓公孙，名曰轩辕。黄帝崩，葬桥山。"

  "生而神灵，弱而能言，幼而徇齐，长而敦敏，成而聪明。轩辕之时，神农氏世衰。诸侯相侵伐，暴虐百姓，而神农氏弗能征。於是轩辕乃习用干戈，以征不享，诸侯咸来宾从。而蚩尤最为暴，莫能伐。炎帝欲侵陵诸侯，诸侯咸归轩辕。轩辕乃修德振兵，治五气，蓺五种，抚万民，度四方，教熊罴貔貅貙虎，以与炎帝战於阪泉之野。三战，然后得其志。"

  "蚩尤作乱，不用帝命，于是黄帝乃征师诸侯，与蚩尤战于涿鹿之野。"

麒麟之相 ●

颛顼的母亲女枢曾梦到一条直贯日月的长虹飞入腹中，由此怀孕而生颛顼。颛顼出生时头戴干戈（兵器），上有"圣德"二字。颛顼继承了父亲韩流的基因，长有麒麟之相。

少年才俊 ●

颛顼是黄帝之孙，二十几岁时，曾做过北方天帝。又称"黑帝"或"玄帝"，后来以"绝地通天"之才继承了黄帝中央天帝的位置。

绝地天通 ●

黄帝统治时期，天地相距九万里，中间有天梯供神人通行。蚩尤之乱后，颛顼对天地间秩序进行了一次大调整，命大力神"重"和"黎"，一个托天上举，一个按地下压，使天地脱离天梯，自此断绝了通行之路。

颛顼平天下

颛顼是黄帝的孙子，二十岁就做了北方天帝，后来以"绝地通天"之才继承了黄帝中央天帝的帝位。颛顼虽然创下了不少丰功伟绩，但也有专权跋扈的一面。他将日月星辰固定在北方天空上，阳光终日照耀之处，没有了夜晚，人们无法休息因此疲惫不堪；而阳光照耀不到的地方，人们却始终生活在黑暗和寒冷之中。另外，颛顼还加强了对炎帝后裔的压迫，水神共工就是在这种环境下起兵谋反的。

水神共工长着人首蛇身，有一头红发，性格十分暴躁。他的座下除了有两条恶龙之外，还有两个恶名昭著的魔神：一个是长着九个脑袋的相柳，他性情残酷贪婪，专以杀戮为乐；另一个叫作浮游，他能看透人心，并利用人的弱点，对人施以蛊惑。共工聚集了众多心怀不满的神仙魔怪，联合举兵造反。当时，水域要远远大于陆地，占天下七分有余，反叛诸神以神共工为首，组建了一支强大的军队。

天帝颛顼点燃七十二座烽火台，召集四方诸侯疾速支援，并亲自排兵布阵，率军迎战。残酷的战争开始了，颛顼部众从四面八方赶来：泰逢人形虎尾，驾万道祥光；计蒙人身龙头，挟疾风骤雨；还有骄虫，晃着两个脑袋，驱毒蜂毒蝎群涌而来。经过几番大战，共工部众伤亡惨重：妖神柜比被打得披头散发，脖子几乎被砍掉，一只断臂也不知丢到哪儿去了；魔神王子夜，肢体破碎，尖牙利爪七零八落，散落一地。

暴怒的共工掀起狂波恶浪，欲图爆发洪灾水淹颛顼，颛顼心生对策，放出熊熊烈焰，火烧共工。共工的部众死的死，伤的伤。一向高傲得不可一世的共工，见大势已去，不由得恼恨交加。于是，他驾起飞龙，来到半空中，猛地撞向不周山。一声震天巨响，不周山被共工发力猛撞，整个山体轰然崩塌。霎时间，天地巨变，风云变色，日月星辰都改变了位置。大地上，山谷移位，河川变流。原来，这不周山乃是天地支柱，天柱折断了，大地便向东南方向塌陷，天空向西北方向倾斜。日月星辰每天都从东边升起，西边降落；大江大河的水都奔腾向东，汇入东边的大海。

平定共工之乱后，颛顼治理有方，造福百姓。当时，在西南一带出现一个黄水怪，它口吐黄水，常常侵染农田，摧毁庄稼，致使土地寸草不生。黄水汇聚淹没村庄，冲毁房屋，使其民不聊生。颛顼见状，决心亲自去降服黄水怪。那黄水怪身上长着一层坚硬的铁鳞甲，不仅刀枪不入，鳞甲上还带有剧毒。他们激战了九九八十一天，都未能分出胜负，颛顼无法眼看百姓因战争受苦，只好赶赴天庭，向女娲借来一柄神兵宝剑。那宝剑甚是神奇，手起刀落，那黄水怪便被宝剑砍得遍体鳞伤，仓皇而逃的过程中被颛顼一剑刺死。黄水怪死后，他的尸体变成一道高高的沙岗，漫天的黄沙厚厚地覆盖着周围的田地河流，黄沙无穷无尽，一起风便黄沙飞扬。颛顼用宝剑一剑刺穿沙岗，顿时，高高的黄沙岗变成了一座生机盎然的高山。山上长满了绿树青草，这就是后来的付禺山。颛顼又用宝剑在山旁划出一道河，取名为硝河。山上树木硕果累累，山下河水灌溉良田，人们又过上了安定祥和的生活。

传说颛顼曾经死过一次，他死时大风从北方吹来，地下的泉水溢出地面，蛇化作鱼，已死的颛顼，趁蛇化鱼之际，附在鱼的身上，因此死而复活。复活后的颛顼，半人半鱼的模样，被唤做"鱼妇"。据说周民族的始祖后稷死后也曾发生过类似的变化：他在坟墓里死而复活，也化作半人半鱼的模样。

颛顼子嗣众多，其中"穷鬼"、"鬼车"、"穷蝉（灶神）"、"彭祖"最为人熟知。

神话传说中的 ANCIENT GOD 凶神 神话词典

- 《山海经·海内经》："黄帝妻雷祖，生昌意，昌意降处若水，生韩流，韩流擢首谨耳，人面豕喙……生帝颛顼。"

- 《山海经·海外北经》："务隅之山，帝颛顼葬于阳，九嫔葬于阴。"

- 战国屈原《离骚》："帝高阳之苗裔兮，朕皇考曰伯庸。"

- 秦吕不韦《吕氏春秋·古乐》："帝颛顼生自若水，实处空桑，乃登为帝。""帝颛顼好其音，乃令飞龙作，效八风之音，命之曰承云，以祭上帝。乃令鱓先为乐倡。鱓乃偃寝，以其尾鼓其腹，其音英英。"

- 西汉刘安《淮南子·时则训》："北方之极，自九泽穷夏晦之极，北至令正之谷，有冻寒积冰，雪雹霜霰，漂润群水之野，颛顼、玄冥之所司者万二千里。"

炎黄后裔 ●

阪泉之战后，炎黄两族后裔相
互通婚。祝融与炎黄两族都有血缘
关系，无论神通还是名誉，都是当
时最为显赫的大神。

南方属神 ●

祝融是南方炎帝
的属神。长有人面兽
身，坐骑为两条火
龙，被尊为火神。

兼任水火两神职 ●

鲧治水不成，反因盗息壤
被天帝降罪，祝融受天命杀死
鲧，而后被天帝兼任掌管一方
水权。此后，祝融不仅属南方
火神，同时还兼任南海水神。

火神祝融

黄帝时期有位火正，名叫祝融。他小的时候名叫黎，是一个氏族首领的儿子。黎高大威武，聪明伶俐，但性情火暴，一遇到不顺心的事就会火冒三丈。那时候隧人氏已懂得钻木取火，但还没有保存和利用火的方法。但黎十几岁就成了管火的能手，火到了他的手里，便能长久不熄。黎会用火烧菜煮饭，还会用火取暖照明，驱逐野兽蚊虫。这在当时的氏族部落中，是非常了不起的本领，因此人人都很敬重黎。

黄帝非常欣赏黎的聪明才干和司火能力，封他做了专门负责管火的火正，并对他说："黎，我来给你取个大名，就叫祝融吧。祝代表永远，融象征光明，愿你永远给人间带来光明。"黎听后非常高兴，连忙向黄帝致谢。从此，大家都叫他祝融。

当时，蚩尤率魔军攻打中原，黄帝联合四方人神应战，并任命祝融为其中一路大军的将领，出兵讨伐蚩尤。蚩尤魔军异常凶猛，尤其是他的八十一个兄弟，个个人面兽身，难以降服。大战初始，黄帝大军连遭败仗，只好重新研究对策。由于蚩尤的魔军都披着野兽的毛皮，于是祝融想出了用火攻的办法，让其部下点着火把，放火烧营。火借风势，越烧越猛，瞬间便烧遍敌军大营。魔军身上的兽皮沾火就着，一个个被烧得鬼哭狼嚎，溃不成军。

黄帝的部队得胜归来时，路过云梦泽南边的群山。黄帝把祝融叫到面前，故意试探他："这是盘古山吗？"祝融答道："这是衡山。"黄帝又问："这山从何而来？"祝融答道："上古时期，天地一片浑沌。盘古氏开天辟地，因此才有了生灵。盘古活了一万八千年，死后便躺在中原大地上，头部朝东，变成泰山；脚趾朝西，变成华山；腹部凸起，变成嵩山；右手朝北，变成恒山；左手朝南，就变成了眼前的衡山。"黄帝紧接着又问："那么，为什么名叫衡山呢？"祝融不慌不忙地回答："此山横亘于云梦与九嶷之间，像一杆称，可以称出天地的轻重，衡量帝王道德的高下，所以叫作衡山。"黄帝见他对答如流，心情大好，笑着说："好啊！既然你这么熟悉南方的事务，我定要委你以重任！"话说至此，黄帝并未明说究竟是何重任。

此时，黄帝带领部队驻留在了衡山。黄帝登上衡山最高峰，接受南方各个部落的朝拜。许多氏族首领会集在一起，大家都十分高兴。祝融一时兴起，奏起了黄帝编的曲子——咸池之乐，黄帝的妃子嫘祖也踏着拍子，跳起舞来。大家见状，纷纷围着黄帝跳了起来。黄帝对大家说："我即位以来，平榆罔，杀蚩尤，制订历法，发明文字，创造音律，编定医书，又有嫘祖育蚕治丝，定衣裳之制，这些都离不开各位的相助。现今天下一统，我准备奠定五岳——东岳泰山，西岳华山，南岳衡山，北岳恒山，中岳嵩山。从今以后，由火正祝融镇守南岳！"

祝融感激涕零，急忙拜谢黄帝，从此留在衡山，负责处理南方的事务。在这期间，他利用自己的司火之术，造福一方百姓，百姓们十分感激他。因他的火色赤红，人们便尊称他为"赤帝"。

百姓对火神祝融的感激和崇拜，却招致水神共工的嫉妒。共工心想：世间万物都离不开水，而人们却只崇拜祝融，全然不记得我水神的功劳。共工越想越气愤，于是汇集五湖四海的水漫过神仙居住的昆仑山，并将昆仑山上的圣火浇灭。顿时，天地间漆黑一片。祝融得知事情原委，异常愤怒，立即驾驭火龙，直奔共工住处。二人相见，分外眼红，一时间火来水往，厮杀得时而火光冲天，时而怒浪滔天。他们从山巅打到云端，从云端打到山脚，人神都害怕得躲得远远的，不敢靠近。

然而，水往低处流，火却往天上烧。洪水从昆仑山上一泻而下，祝融的大火却越烧越猛。祝融乘机驱动火势，直扑共工，把共工烧得焦头烂额，只得负伤而逃。昆仑山上的圣火被祝融重新点燃，天地间又迎来了一片光明。

神话传说中的 ANCIENT GOD 凶神 神话词典

- 《山海经·海内经》："炎帝之妻，赤水之子聽沃，生炎居，炎居生节并，节并生戏器，戏器生祝融。"

- 《山海经·海外南经》："南方祝融，兽身人面，乘两龙。"

- 春秋墨子《墨子·非攻下》："（成汤伐夏）天命融（祝融）隆（降）火于夏城之间，西北之隅。"

- 秦吕不韦《吕氏春秋·孟夏》："'其神祝融。'高诱注：'祝融，颛顼氏后，老童之子，吴回也，为高辛氏火正，死为火官之神。'"

- 西汉司马迁《史记·楚世家》："重黎为帝喾高辛居火正，甚有功，能光融天下，帝喾命曰祝融。"

- 东汉班固《汉书·五行志上》一书说："古之火正，谓火官也，掌祭火星，行火政。"

- 唐张说《蒲津桥赞》："飞廉煽炭，祝融理炉。"

gōu máng
句芒

东方属神

句芒长着人面鸟身，头发弯弯曲曲、丫丫叉叉就像植物的萌芽和芒刺；身穿白衣，背上生双翅，脚乘两条青龙。作为东方天帝伏羲的属神，同时监任春神和木神。

西帝之子

句芒是西方天帝少昊的儿子。按五行方位，西方属白色，所以，作为西方世子的句芒，穿着白色长衣。

主持生长

句芒手里拿着规（三角尺）和矩（圆规）。主管生长，规划一年的农事，是平衡生态之神。

句芒斗兽王

句芒是西方天帝少昊的儿子，名字叫作重。重长着人脸，鸟身，身穿一件白衣裳，脚踩两条巨龙。后来句芒做了东方天帝伏羲的属神，主管春天，负责规划春天世间万物的生长。句芒不但掌管世间的万物生长，还可以到阴间为人增减寿命。传说在春秋时期，句芒曾到阴间为贤明的秦穆公增加了十九年的寿命。

东方天帝伏羲用绳子编结成渔网，教人们在水中捕鱼。句芒受到渔网的启发，改渔网为鸟网和兽网，大大提高了人类猎食的能力，同时还扩大了猎食的范围。人们不但能轻松地捕捉野兽，还能防止野兽的袭扰。人们学会了网猎之术，获得了更丰富的食物，同时也使更多的野兽被人所猎杀，这可惹怒了兽王神。兽王神率领各种猛兽向人们发起进攻，野兽们挥舞着尖牙利爪冲进人们居住的山洞和村庄，大开杀戒。句芒听说兽王神率领群兽报复人类，急忙出面，欲与兽王神展开谈判。但兽王神性情残暴，完全不听句芒的劝阻。句芒见劝说无效，就施展法术，助人们抵抗兽王神。

句芒施法让森林里的树木迅速生长，林中的藤蔓像蛇一样伸向野兽群。面对四周如波涛般涌来的树枝和藤条，兽群立刻乱了阵脚。它们还来不及反应，便被树枝、藤蔓牢牢地捆绑起来，越是奋力挣扎，困得越牢固。兽王神见群兽被俘，急得张开血盆大口，仰天一声巨吼，满嘴的钢牙立刻变成千万把弯刀从口中飞出。锋利的弯刀像漫天洒落的雨点，割断了捆绑在野兽身上的树枝和藤蔓。没有了束缚的野兽们发了狂一般冲向句芒。句芒见状，不慌不忙地将手一挥，只见一堵木墙拔地而起，拦住了野兽们的去路。木墙越长越高，越长越厚，野兽们撞不穿也攀不上，急得团团转。兽王神的一声唿哨，野兽们分成两路，向木墙侧面冲去，想要绕道包抄过去。这时，句芒在空中划了一个圆，木墙就像注入了生命一般，迅速围成了一个大圆，将野兽们关在墙里面。兽王神不甘心，摇身变成一头长着巨大犄角的猛兽，扬起四只像小山一样大的蹄子，裹挟着一股飓风，向木墙猛冲过去。句芒向地面一指，只见兽王神脚下突然生出一棵巨树，将它高高托起。巨树的枝杈围成了一个牢笼，将兽王神紧紧地困在里面。兽王神使出全身力气拉扯树枝，不料树枝却越箍越紧。渐渐地，兽王神筋疲力尽，只好向句芒低头认输，从此再不敢扰乱人间。

古籍记载句芒参与了两次战争：一次是颛顼与共工大战，句芒联合祝融、力牧、英招大战共工；另一次是与祝融、禺强、蓐收、河伯、雨师和风伯，助武王伐纣。

句芒春神的身份更为人熟知，历代都有迎春祭祀仪式，在立春前一日，各级官府的属员们率队到东郊举行鞭土牛、迎春仪式，句芒被装扮成手执彩鞭的形象。句芒也被唤作"芒神"，芒神既是春神，又兼有谷神的职能，一年的农事，也在他的掌握和安排中。在年画中的句芒被画成骑牛的牧童，头有双髻，手执柳鞭，也称"芒童"。

神话词典

- 《山海经·海外东经》："东方句芒，鸟身人面，乘两龙。"

- 秦吕不韦《吕氏春秋·孟春》："'其帝太皞，其神句芒。'高诱注：'太皞，伏羲氏，以木德王天下之号，死祀于东方，为木德之帝。……句芒，少皞氏之裔子曰重，佐木德之帝，死为木官之神。'"

- 西汉戴圣《礼记·月令》："其帝大白皋，其神句芒。"

- 唐李商隐《赠句芒神》："佳期不定春期赊，春物夭阏兴咨嗟。愿得句芒索青女，不教容易损年华。"

- 唐阎朝隐："句芒人面乘两龙，道是春神卫九重。"

rù shōu

蓐收

● 兼管夕阳

蓐收与西方天帝少昊既是君臣也是父子。蓐收常年居住在泑山，可以在山上望见太阳落山的情景，太阳西下的这段时间主要由蓐收监管，此时夕阳红晕，所以蓐收也称"红光"。

西方属神 ●

蓐收是西方天帝少昊的属神。长着猪头，两只眼睛怒射寒光，獠牙龇出口外；左耳挂有一条蛇，通身白毛，身披白色金甲，手掌如虎爪，脚缠两龙。

曲尺治秋 ●

按五行学来说，西方司秋，色白，属金。蓐收手持曲尺，司掌秋收。

天庭伐神 ●

蓐收一手执斧钺，在天庭主管刑罚，是杀伐之神。

杀伐之神

蓐收是西方天帝少昊的儿子，他辅佐父亲少昊统治着西方极地。西方自流沙往西至西王母居住的三危国，共一万二千里的地域，这里号称不死之国。少昊的宫殿建在长留山上，蓐收则居住在附近的泑山上，再往西就是太阳落下的地方——禺谷。每天，西行的太阳到达泑山上空时，蓐收就站在山顶查看太阳运行的速度和轨迹。此时的太阳已经接近禺谷，日光微红，照耀天际。蓐收在夕阳的照射下，浑身散发着红色的光彩，因此众神又尊称蓐收为"红光"。

蓐收和句芒是一对亲兄弟。句芒是春神，蓐收则是秋神。每到秋天，秋风瑟瑟，草木摇落，硕果累累，动物的幼崽已经长大，大地进入了休息期，为明年储备万物生长的能量。此时，蓐收手持一把曲尺，丈量着收获的果实。

蓐收还有一个显赫的身份，他也是天庭的刑罚之神，同时掌握着人、神、魔、鬼的惩杀之权。按五行来说，西方属金，蓐收作为威猛的金神，在天庭主管杀伐。

春秋时有个国家叫虢国，虢国的国君叫丑。一天晚上，丑梦见在宗庙的台阶上，站着一位威武的大神。这位大神手持一把巨斧，龇着獠牙，一双竖起来的眼睛射着寒光，正目光凛凛地瞪着他。丑吓得心惊胆战，"啊"地大叫一声，转身就跑。而身后的大神则发出一声震耳欲聋的怒喝，丑便立刻被吓得瘫倒在地，不住地磕头作揖。突然，大神变作一道金光，一闪便不见了踪影。丑从梦中惊醒，向群臣讲述了这个梦。大臣太史嚚听了丑的描述，思索片刻后说道："陛下梦到的是刑罚之神蓐收。梦见蓐收，就表示应该警醒了，需要反省一下自己究竟是不是一个合格的君王！"丑听后勃然大怒，不但不理会太史嚚的谏言，反而将太史嚚关入监牢，还逼着群臣百官来恭贺，说这是好梦。

蓐收在丑的梦中出现，正是在行使他作为刑罚之神的职责。丑是一个愚蠢贪婪的君主，不管百姓疾苦、不顾人民的死活。蓐收托梦来警示他，丑不但不知悔改，反而变本加厉。六年之后，蓐收借晋国之手消灭了虢国，结束了丑荒淫无道的统治。

　　"假道伐虢"的故事不但成了历史典故，还衍生几个成语，如"灭虢取虞"、"朝虢暮虞"、"唇亡齿寒"。蓐收作为刑罚之神，和东方神明句芒一样，受天庭之命行使神权。

神话传说中的 ANCIENT GOD 凶神 神话词典

- 《山海经·海外西经》："西方蓐收，左耳有蛇，乘两龙。"

- 春秋屈原《楚辞·大招》云："'魂乎无西，西方流沙，漭洋洋只。豕首纵目，被发鬤只。长爪踞牙，诶笑狂只。'王逸注：'此盖蓐收神之状也。'"

- 西汉刘安《淮南子·时则训》云："西方之极，自昆仑绝流沙沈羽，西至三危之国，石城金室，饮气之民，不死之野，少皞、蓐收之所司者万二千里。"

- 西汉刘安《淮南子·天文训》："西方，金也，其帝少昊，其佐蓐收，执矩而治秋。"

- 唐李白："蓐收肃金气，西陆弦海月。"

- 清顾炎武《华下有怀顾推官》："为我呼蓐收，虎爪持霜金。"

禺强

yú qiáng

既是风神又是海神

禺强长着一张人的脸和鸟的身体，两只耳朵上分别挂着一条青蛇；背上长着一双巨大的翅膀；脚下踩着两条青龙，威风凛凛，令人生畏。

冬神

禺强常年生活在北方，并辅佐他的侄子北方天帝颛顼，属于颛顼的属神，主管冬天，黑色，有时手里拿着一个秤锤，象征冬藏。

瘟神

禺强鼓起一对巨大的翅膀就像猛烈无比的飓风一般。风里还夹带着疫疬和病毒，人被风吹过就会生疮害病，甚至死亡。

禺强和大禹

禺强又名玄冥，是黄帝的孙子。他既是风神，又是海神，同时掌管着季风和大海。当禺强作为风神出现时，长着人面鸟身，两只耳朵上各挂着一条青蛇，双脚也各踩着一条青蛇，威风凛凛，令人望而生畏。每当他出行时，便会引来狂风暴雨，风沙走石，天地一片昏黄。当他以海神的形象出现时，就变成了鱼的身体，并长有手和足，驾着两条飞龙，穿行在大海的碧波当中。

有时，禺强在海水里待得厌烦时，就会变化成一只大鸟，这只鸟的翅膀有几千里长，他振翅一飞，就能激起三千里的海浪，然后乘着风势飞向九万里的高空，一直飞到他想去的地方才停下来。

更多时候禺强居住在北海，辅佐他的侄子颛顼管理北方的天空，他手中经常拿着一个秤锤，负责掌管冬天。禺强虽是颛顼的叔叔，却没有长辈的架子，叔侄俩一直相处融洽、配合默契，从来没有发生过任何矛盾。

武王伐纣时，周武王在孟津大会诸侯，奉天帝的命令，禺强、祝融、句芒和蓐收以及冯夷等诸神，共同帮助周武王和姜子牙推翻商纣王的残暴统治。周武王和姜子牙等人得到了诸神的帮忙，士气高涨，一举击溃了商纣王的军队，商纣王看到大势已去，就穿上挂满珠玉的衣服自尽了。

后来大禹治理洪水时，为了查看天下的地形，了解各地河流的走向，向北一直走到了北海，见到了人面鸟身的禺强。禺强对大禹治水的恒心和勇气非常佩服，便热情地接待了他。

"你可是禹？"禺强问道。

大禹回答说："正是。"他又继续问禺强："请问，您是哪位天神？"

"我是风神兼海神禺强。"禺强答道。

大禹说："我早就听说过您的大名，此番治水来到这里，希望能得到您的帮助。"

禺强继续说道："我很佩服你的父亲，还有你造福天下苍生的勇气和决心。既然来到这里，就是我禺强的客人，哪有不帮助你的道理呀！"

禺强还把自己两个最好的朋友介绍给禹，一个是九凤，另一个则是强良。九凤生着人头鸟身，并长有九个头；而强良则是虎头人身，长有四个蹄子，胳膊特别长。强良的嘴里衔着一条蛇，手中还拿着一条蛇。经过禺强的引见，九凤和强良都表示十分乐意帮忙。

大禹在与朋友的相处中忘记了时间，他每天和禺强一起游历诸山，在那段日子里，大禹深切感受到友情的可贵。但是天下没有不散的宴席，还有更重要的工作等待着大禹去做，所以他不得不告别禺强独自上路。大禹虽然在北海住了很长时间，但每天都有禺强陪同，所以大禹并没有注意路上的标志，当他一个人上路准备回南方时在冰雪覆盖的荒原中迷了路。大禹疑惑地说道："我是在哪里啊，怎么越走越冷啊？"

漫天的狂风吞没了大禹的声音，他在冰雪覆盖的荒原中转了很久，最后沿着一条曲曲弯弯的小路走了出去。据说大禹最后来到的是北方最远的一个国家，叫终北国。那里是大禹所到过最远的一个地方。

神话传说中的 ANCIENT GOD 凶神 神话词典

- 《山海经·大荒北经》："北海之渚中，有神，人面鸟身，珥两黄蛇，践两黄蛇，名曰禺𣑯。黄帝生禺𣑯，禺𣑯生禺京。禺𣑯处北海，是惟海神。"
- 战国列子《列子·汤问》："五山之根无所连箸，常随潮波上下往还，不得暂峙焉。仙圣毒之，诉之于帝。帝恐流于西极，失群圣之居，乃命禺彊使巨鳌十五，举首而戴之。"

神话传说中的

战神

图鉴

九天玄女

jiǔ tiān xuán nǚ

玄鸟祖神

传说九天玄女原始形象是上古玄鸟，并长有人头鸟身，曾奉天命生下商族始祖契，被称为商朝的始祖。

战争女神

九天玄女是上古神话中的战争女神，她深谙军事韬略，是法术神通的正义之神。

应命女神

民间传说九天玄女法力无边。经常出现在各类古典小说中，成为扶助英雄铲恶除暴的应命女神，民间认为九天玄女有九尊，并拿有九种法器，应命现身。

位列女仙上首

九天道法之祖中的"九天"是指中央及八方，四面八方的意思。九天玄女在道教神仙体系中被尊为九天道法之祖，符箓法咒之宗，在女仙神系中位阶仅次于西王母。

九天玄女

　　黄帝和蚩尤在涿鹿鏖战，蚩尤部下的魔军鬼将善使妖法，层层的迷雾笼罩逐鹿，黄帝大军难防魔军暗箭，不辨四野方向，损失惨重，九战九败。黄帝日夜苦思良策，却始终无计可施。

　　这天，身心疲惫的黄帝昏昏睡去，在梦中隐约看见一个人头鸟身的仙女由云际缓缓降落。仙女自称九天玄女，是来帮助黄帝降服蚩尤的，她不但传授给黄帝一套兵法，还让黄帝去昆仑山开采红铜铸造兵器。而后，九天玄女就冉冉升上云际翩然飞走。黄帝醒后，便记下兵法，还立刻命人速到昆仑山开采红铜，最终铸成了一把神剑。剑锋利刃泛着青光，削铁如泥。黄帝还按照九天玄女的指示，用夔牛皮制作了八十面巨鼓。大臣风后制作了指南车，用以引领方向。

　　黄帝苦练九天玄女传授的兵法，一切准备妥当后，便率领大军重回战场。黄帝命人齐击八十面巨鼓，鼓声震天，声传四野，笼罩在涿鹿三天三夜的迷雾顿时散去，应龙腾空而起长啸一声，魑魅魍魉闻声逃窜。黄帝驾驶着指南车首当其冲，手中挥动令旗，大军随令旗分合有序，东西辗转，方圆随心，千变万化，神鬼莫测。蚩尤的魔军被神奇的战术冲得晕头转向，无所适从，溃败如山倒。这时，蚩尤请来救兵——夸父族，夸父族虽然勇猛无比，但毕竟蛮力敌不过谋略，黄帝的宝剑更是锋利难挡，大部分被应龙击杀，只有少数逃回北方老家。蚩尤的八十一个兄弟仗着自己铜头铁额仍然困兽犹斗，可最终依旧不敌黄帝的青锋宝剑，都做了剑下之鬼。最后只剩下蚩尤一人，起身逃跑，却被应龙飞身赶上，生擒活捉。蚩尤的军队被彻底剿灭，旷日持久的黄帝与蚩尤之战终于结束了。

　　另传说汉高祖刘邦建立汉朝后，首都的选址迟迟决定不下来，秦朝都城咸阳被项羽一把大火烧成一片废墟，不得不另选地址，刘邦派方士张天罡主导选址重任。张天罡经过一番勘验首先选中了白鹿原。白鹿原右临泾水，左接渭河，方圆千里土地肥沃，四面开阔，路通八方，是理想的建都地方。

　　破土动工那天，本来晴好的天气，突然山崩地裂，一股洪水喷涌而出，白鹿原很快变成了一片汪洋。就在这危机时刻，在西方天上有一片五彩祥云翩翩降下，云端上站着一位仙女。张天罡认出这位仙女正是九天玄女，急忙率众人望空下拜。九天玄女缓缓抬起手，在白鹿原上撒下一把净土，喷涌的地泉便平息了，洪水又回流到地裂山隙里，白鹿原上的人们转危为安。

九天玄女告诉张天罡，在白鹿原地下有一头巨鲸，因大兴土木而不堪搅扰，必定会烦躁而起，致使山崩地裂，不但工程毁于一旦，无数生灵也难逃活埋之灾。因此这里不可以建都，要另选都址。张天罡按照九天玄女的指点，最后定都长安。他按五行八卦定位，在四周打了四十九个深孔，最后在中央打孔时，地面塌陷形成一个深不可测的坑洞，工程再一次不得不被迫停下来。张天罡焚香上告九天玄女恳求救助。九天玄女告诉他坑洞里有条巨龙，九天玄女翻手倒扣净瓶罩住坑洞，使巨龙不能动身，随即让张天罡派勇士进洞捆绑巨龙，化铁水浇铸一座钟楼坐落洞上，九天玄女再用净瓶倒罩钟楼顶上，永远封镇住巨龙。自此，一座长安城拔地而起，这里见证了中国历史的兴衰。

九天玄女不但洞悉兵法，在民间还是线香业的祖师爷。因为黄帝制指南车，也是汽车制造或销售业者的守护神，还是丝棉的职业神。

神话传说中的 ANCIENT GOD 凶神 神话词典

- 《山海经·西山经》："有鸟焉，其状如雄鸡而人面。"

- 春秋《诗经·商颂·玄鸟》："天命玄鸟，降而生商。"

- 春秋孙武《孙子·形篇》："善攻者动乎九天之上。"

- 东晋葛洪《抱朴子内篇·极言》："论道养则资玄、素二女。"

- 《全上古三代秦汉三国六朝文·全上古三代文》卷十六辑《黄帝问玄女兵法》："黄帝与蚩尤九战九不胜。黄帝归于太山，三日三夜，天雾冥。有一妇人，人首鸟形，黄帝稽首再拜，伏不敢起。妇人曰：'吾玄女也，子欲何问？'黄帝曰：'小子欲万战万胜，万隐万匿，首当从何起？'遂得战法焉。"

- 南宋王道《古文龙虎经注疏·卷上》："玄女乃天地之精神，阴阳之灵气。神无所不通，形无所不类。知万物之情，晓众变之状。为道敖之主也。玄女亦上古神仙，为众真之长。"

- 明董斯张《广博物志》卷九引《玄女法》则谓："蚩尤变幻多方，微风召雨，吹烟喷雾，黄帝师众大迷。帝归息太山之阿，昏然忧寝。……王母乃命一妇人，人首鸟身，谓帝曰：'我九天玄女也。'授帝以……灵宝五符五胜之文，遂克蚩尤于中冀。"

nǚ bá
女魃

仙山神女 ●───

　　女魃是黄帝的女儿。
其形象为头上秃顶无发，
身穿一袭青衣。

旱神 ●───

　　女魃的头顶、周身
环绕着火焰光辉。体内
蕴含巨大的热量，所到
之处皆热浪汹涌，像火
烧炭烤一般，即使再大
的狂风暴雨也会顷刻间
消失得无影无踪。

女魃除魔

蚩尤及其八十一个弟兄在涿鹿战场节节败退，损兵折将，士气低落之际，有人向蚩尤推荐了风伯飞廉和雨师屏翳。风伯飞廉相貌奇特，长着鹿一样的身体，浑身布满了豹子一样的花纹，头像孔雀，并生有角峥嵘古怪，长有蛇一样的尾巴；雨师屏翳则形如七寸细蚕，背生生满鳞翅。

当黄帝派应龙在蚩尤军营上空行云布雨，准备水淹蚩尤大军时，风伯飞廉和雨师屏翳早有准备，待应龙聚集雨云将要落雨之际，飞廉立即驱风吹转云头，瞬息之间狂风大作，凝聚着暴雨的乌云被吹到黄帝的军营上空；屏翳施展雨术，大雨倾盆而下，顿时洪水泛滥，黄帝军营被淹没在一片汪洋之中。同时，飞廉驱使狂风掀起滔天巨浪，黄帝的士兵和战马在洪涛中拼命挣扎，刚才还是振奋人心的摇旗呐喊，如今却是哀号一片。

飞廉和屏翳不断驱风施雨，一次次肆虐黄帝军营，就在这生死攸关的时刻，黄帝想到了自己的女儿——旱神女魃。女魃应命奔赴涿鹿，她身穿青衣，秃头无发，体内蕴含着巨大热量，所到之处，像被火烤过一样，狂风暴雨顷刻间消失得无影无踪。当风伯飞廉和雨师屏翳再次刮起狂风，降下暴雨时，女魃飞上云头施展神力，顿时风停雨住，火热的气流扑面而来，滔滔洪水瞬间就被烤干了。女魃施法继续加温，烤得土地迸裂，山石崩断，飞廉和屏翳好像置身于烈火之中，吓得慌忙远逃。女魃又施展热浪，一遍又一遍地清理蚩尤的残兵败将，最后在应龙的帮助下，活捉蚩尤，结束了涿鹿之战。

女魃因神力消耗过大，并受了邪魔的沾染，从此再也不能飞回天上，只能留在人间。炽热的女魃无处安身，在人间四处游走，所到之处热浪汹涌，河水干涸，刮起的旱风扬起黄沙覆盖了田地，导致庄稼旱死，绝粒无收。人们开始痛恨女魃，称她"旱魃"，总想方设法地赶逐她。女魃被人们赶来赶去，居无定所，境遇十分凄惨。后来在后稷的孙子叔均的奏请之下，黄帝将女魃安置在赤水以北，禁止她随意外出，但失魂落魄的女魃，时常偷偷地跑出来，这时，大地上总有一处免不了遭受旱灾。

山海经中的女魃与赤水女子可能是一个人，赤水女子是被放逐的黄帝的女儿，居住赤水河畔，身穿青衣，白纱蒙面，没有人了解她的来历，只知道每到傍晚时候，她独自在河边驻立良久，连有人走到身旁也没有察觉。有人偶尔见到她真容，美貌惊人，虽然岁月流逝，但容颜依旧。

神话词典

- 《山海经·大荒北经》："有系昆之山者，有共工之台，射者不敢北乡（向）。有人衣青衣，名曰黄帝女魃。"

- 《山海经·大荒北经》："蚩尤作兵伐黄帝……蚩尤请风伯雨师，纵大风雨，黄帝乃下天女曰魃，雨止，遂杀蚩尤。魃不得复上，所居不雨。叔均言之帝，后置之赤水之北……"

- 南朝顾野王《玉篇》引《文字指归》："女妭，秃无发，所居之处天不雨也，同魃。"

- 南朝范晔《后汉书·张衡传》："'夫女魃北而应龙翔，洪鼎声而军容息。'李贤注：'女魃，旱神也。'"

- 西汉东方朔《神异经》："南方有人，长二三尺，裸形，而目在顶上，走行如风，名曰魃，所见之国大旱，赤地千里。"

- 东汉许慎《说文》："魃，旱鬼也。"

yìng lóng
应龙

龙族之祖

传说百年为角龙，千年为应龙，应龙是众龙之祖。其中，他最显著的特征便是背上长有一对翅膀。

龙中之精

有鳞为蛟龙，有翼为应龙，有角为虬龙，无角为螭龙。在所有的龙中只有应龙生有双翅，是龙中之精。

旷世龙神

应龙在黄帝与蚩尤决战涿鹿时，不仅助黄帝杀蚩尤和夸父，还帮助过大禹治水，并立奇功。不但是黄帝部下得力的功臣，也是造福人间的旷世神龙。

涿鹿龙威

应龙是龙族的始祖，是龙族中唯一一个长着翅膀的龙，他浑身长满鳞甲，头大而长，嘴巴尖，五官都非常小，但眼眶却很大。眉弓很高，牙齿尖利，前额突起，脖子细长肚子很大，尾巴尖长，就像一只长了翅膀的扬子鳄。

就在黄帝与蚩尤决战涿鹿时，蚩尤军中魑魅魍魉在战场布满迷雾，并用声音迷惑黄帝大军，使其迷失本性，会恍恍惚惚地顺着声音找过去，这时埋伏在一旁的蚩尤士兵手起刀落，黄帝的人马就这样稀里糊涂地做了刀下鬼。

黄帝战败后，苦思对策，这时，有人向皇帝推荐了应龙。原来，魑魅魍魉最害怕龙的叫声，应龙展开巨大的翅膀飞在空中，昂首一声长啸，顿时惊天动地，刹那间，迷雾散去，大地重现光明。龙啸声回荡在涿鹿上空，魑魅魍魉吓得胆战心寒，落荒逃窜。黄帝急命部下擂动夔牛皮制作的巨鼓，大军如洪水般冲向敌营，蚩尤兵败。应龙在逐鹿之战立下首功，从此名扬九州。

后来，蚩尤派风伯雨师利用应龙行雨之际借力打力，又扳回战局，黄帝急召女魃战退风伯雨神。自应龙与女魃联手之后，蚩尤一败再败，蚩尤见大势已去，落荒而逃。应龙首当其冲，俘虏蚩尤后，便马不停蹄地赶往战场并剿杀了万人都无法抵挡的夸父族，结束了涿鹿之战。最后，应龙和女魃一样，因战斗神力耗尽，被邪祟侵染而无力回归天庭，最终应龙被黄帝安置在南方，自此南方多雨。

闲居在南方的应龙日子过得十分清闲，转眼到了大禹时代。当时洪水滔天，生灵涂炭，大禹肩负起拯救苍生的重任，率众神治水，应龙得知消息后立刻加入治水队伍，又为治水又立下奇功。大禹在加高人类居住地的同时，也需疏导河川，应龙就以尾画地，画出河渠水道，使水流向东洋大海，这就是我们今天看到的大江大河。

后人研究认为：应龙是黄帝手下一位将领。在与蚩尤的战争中，应龙人为地制造了一场洪水冲垮了蚩尤的军营，从而赢得了战争的胜利。而这场战争的战场就在涿县。

神话传说中的 *ANCIENT GOD* 凶神 神话词典

- ●《山海经·大荒东经》："大荒东北隅中，有山名曰凶犁土丘。应龙处南极，杀蚩尤与夸父，不得复上。故下数旱，旱而为应龙之状，乃得大雨。"

- ● 春秋屈原《楚辞·天问》："应龙何画？河海何历？"

- ● 西汉刘安《淮南子·览冥训》："'乘雷车，服驾应龙。'高诱注：'应龙，有翼之龙也。'"

- ● 东晋王嘉《拾遗记》卷二云："禹尽力沟洫，导川夷岳，黄龙曳尾于前，玄龟负青泥于后。"

- ● 南朝范晔《后汉书·班彪列传》："抗应龙之虹梁，列棼橑以布翼。"

- ● 南朝沈约《宋书·福瑞志》："应龙攻蚩尤，战虎、豹、熊、罴四兽之力。"

- ● 南朝任昉《述异记》："水虺百年化蛟，蛟千年化为龙，龙五百年为角龙，千年为应龙。"

yì

羿

天庭射手

羿曾受天帝帝喾之命治理东夷，天帝帝喾还赐其红色的弓和白色的箭，均为神兵利器。

只身杀怪兽

远古魔兽横行作恶，天下百姓民不聊生，羿只身前往解决了许多怪兽。

独上昆仑山

羿只身前往昆仑山向西王母讨不死药。昆仑山四周烈火熊熊，又有溺水环绕，羿凭借一己之力抵达目的地。

大羿与后羿

历史上有两个羿，大羿和后羿；大羿即是羿，被天帝帝喾派往下界，为帝尧之臣；后羿则是夏朝第六代君王，因崇敬羿而取名为后羿。

射九日，除七害

传说天空中有十个太阳，而十个太阳仗着自己是帝喾的儿子，一起出现在天空，肆意横行。导致漫天流火，炙烤大地，庄稼枯萎，河水干涸，热浪带来的狂风卷起黄沙，大地上的绿洲瞬间变成了荒漠。怪禽猛兽纷纷从火焰般的森林、沸汤般的江湖里跑出来危害百姓，使人们的生存再次面临严重的危机。天帝帝喾知道后，就派羿去教训他的十个儿子，并赐给羿一张红色的弓和十支白色的箭。

羿奉了天帝的命令来到凡间，他看到人间的百姓都在受苦，而天上的十个太阳却嬉戏玩乐，二话不说就弯弓搭箭，对准天上的太阳一箭射去。起初并无声响，过了一会儿，只见天空中流火乱飞，火球无声爆裂。接着，一团红亮亮的东西坠落在地面上。人们纷纷跑到近前去探看，原来是一只金黄色的三足乌鸦，其身体硕大无比。再一看天上，太阳少了一个，空气也似乎凉爽了一些，人们不由得齐声喝彩。羿受到鼓舞，连连发箭，只见天空中的火球一个个破裂，紧接着堕落在地面，而天空满天都是流火。

站在土坛上观看射箭的尧，忽然想到人们不能没有太阳，急忙命人暗中从羿的箭袋里抽出一支箭，羿射中九只太阳后，伸手一摸后背的箭袋，发现少了一支箭，于是最后一个太阳总算没被射落。

羿因为射杀了帝喾的九个儿子，被迫开始了流亡生涯，四处奔走，但羿依然记挂着百姓的疾苦。当时有一个魔兽猰貐作恶，时常出来吃人。猰貐原本是烛龙的儿子，被谋杀后，黄帝使其复活。复活后他变得凶顽残暴，肆意屠杀人类。羿找到猰貐，以他勇敢和高超的箭术最终除掉了猰貐。

斩杀猰貐以后，羿的英雄事迹广为流传，饱受猛兽残害的人们都前来请羿去帮忙除害。在昆仑以东，有种叫凿齿的怪兽专以吃人为乐，羿应邀来到昆仑。凿齿的巨牙长长地呲出嘴外，凿齿凶猛异常，直扑向羿。羿无法近身，几次闪躲之后，趁凿齿调头转身之际，箭上弓弦，一发即中。凿齿忍痛反扑，羿连发数箭，终于射死了凿齿。被羿斩杀的怪兽不计其数，还有一个长着九个脑袋的怪兽名叫九婴，居住在北狄的凶水里。当时因十个太阳齐出天空，晒热了凶水，暴躁的九婴酷热难忍，窜上河岸，见人就吃。刚刚与凿齿大战后的羿顾不上休息，便径直奔赴凶水。九个脑袋的九婴不但能喷射水火，而且拥有九条命，被砍掉的脑袋能与伤口迅速合上，重新复活。此时，羿的箭术发挥到了极致，电光火石之间连发九箭，同时射中了九个脑袋，就这样，凶猛的九婴也被羿除掉了。

接下来，羿先后去了青丘和洞庭，斩杀了大风和修蛇，并在桑林擒住了封豨。封豨身体前后各生一个脑袋，长得像个野猪，巨大而凶猛。羿考虑到封豨掌管着一方的降雨，并没有杀封豨，而是打败了封豨，果真经过此事后，封豨再也不敢作恶害人了。

羿凭借剩余的神力和不屈的意志奔向昆仑山，冲过烈火，游过溺水，在山顶击败九个脑袋的开明兽，终于见到西王母，取得不死药。而后来，由于上天的不公，人间的欺骗，使羿的性情大变，动辄暴怒，殃及无辜。家丁逢蒙拜羿学箭，学有所成后暗算羿，羿幸而不死，逢蒙求饶。可最终，被表面的忠诚麻痹了的羿还是死在逢蒙的桃木之下。传说羿死后变为钟馗一类的鬼王，屠杀恶鬼。人民纪念他的功德，死后被人奉为宗布神。

神话传说中的 ANCIENT GOD 凶神 神话词典

- 《山海经·海内经》："帝俊赐羿彤弓素矰，以扶下国；羿是始去恤下地之百艰。"

- 《山海经·海外南经》云："羿与凿齿战于寿华之野，羿射杀之。在昆仑虚东。羿持弓矢。凿齿持盾。一曰持戈。"

- 西汉刘安《淮南子》："'擒封豨于桑林'；至'献蒸肉之膏而后帝不若'，亦羿神话之异闻。王逸注云：'后帝，天帝也；若，顺也。言羿猎射封豨，以其肉膏祭天帝，天帝犹不顺羿之所为也。'"

- 西汉刘安《淮南子·览冥训》："'羿请不死之药于西王母，姮娥窃以奔月'语，则谓羿谪在凡间，不得上天，乃有请不死之药事。"

léi shén
雷神

凶神恶煞 ●

　　雷部雷神众多，但相貌各异。在民间的画像中，鬼头鹰喙最为常见：面色通红，鹰嘴如勾，虎目怒睁，头上尖耳长角，脑后披着三尺红毛发，如火舌烈焰般。

金刚力士 ●

　　身体如金刚力士般，背生长有双翅，脚如鹰爪。

五雷轰顶 ●

　　右手持锤，左手持凿，锤击尖凿，一道电光击出，连击数锤，雷声滚滚，震荡周天。

雷精毕元帅

传说雷精在出生以前，他的灵魂深藏在土地里，经过一段时间之后，灵魂才化作一股元气，逐渐冒出地面，在田间将元气寄生在一块千年钟乳石上。雷精出生时，晴朗的天空突然响起一声霹雳，顿时火光冲天，风雨骤起。刚出生的雷精盘膝坐在地上，身边有一条大蛇保护他不被其他野兽袭击，一群蜜蜂衔来甘甜的蜂蜜为他充饥。因出生在田地里，身边还开着许多美丽的花，便以田为姓；以华（古字花与华通）为名。后来，长大后雷精便移居到潞栌岩下修炼。

水神共工造反，与火神祝融交战，共工被祝融打败了，他气得用头撞向西方的世界支柱——不周山，导致天塌陷，天河之水注入人间，致使百姓生活在水深火热之中，苦不堪言。女娲不忍人类受灾，于是冶炼五色土补天。但黑色玄精不想让黑石被炼成补天石，千方百计地阻挠女娲。充满正义的雷精得知后十分愤怒，于是停止修炼，与木精、火精共同协助女娲炼石补天。雷精用霹雳击碎了玄精，木精添柴，火精驱火，在大家的共同努力下，终于炼出了补天石。女娲用补天石补上了天空的漏洞，洪水慢慢退去，大地上的生灵便得救了。

雷精因帮助女娲补天有功，被封在天庭雷部里做了雷神。后来蚩尤率魔军攻打黄帝时，魔军来势凶猛，黄帝连连败退，在万分危急时刻，雷精重炼五色土铸成火焰冰雹，在云中布下风雷阵。一声霹雳过后，密如雨点般的火石临空降下，魔军阵营顿时大乱，无数魔军葬身在火海石雨之中。

雷精和其他众多雷神一样，驾驶着雷车飞行在雨云之上，发雷行雨，轰隆隆的雷声让恶人们胆战心惊。后来，雷精改名"华"为"毕"，被玉帝封为雷门毕元帅，掌管着十二雷霆。因毕元帅上管天地水涝旱涸，中击不仁不义之人，下诛妖魔鬼怪，所以备受人们尊敬。

在中国的神话传说中，雷神是创世神之一。华胥氏在雷泽偶见一个巨人的足印，好奇地踩上去，受孕而生下伏羲。雷泽的主神就是雷神，继盘古之后，诞生的第二位大神伏羲，便是雷神的儿子。在中国传统神话体系里雷神的地位极高，在民间被奉为公正的化身。

神话传说中的 ANCIENT GOD 凶神 神话词典

- 《山海经·海内东经》："雷泽中有雷神，龙身而人头，鼓其腹则雷。"
- 战国屈原《楚辞·离骚》："鸾皇为余先戒兮，雷师告余以未具。"
- 北宋李昉、李穆、徐铉《太平御览》卷七八引《诗纬含神雾》云："大迹出雷泽，华胥履之，生宓牺。"
- 清黄斐默《集说诠真》："状若力士，裸胸袒腹，背插两翅，额具三目，脸赤如猴，下颏长而锐，足如鹰鹯，而爪更厉，左手执楔，右手执槌，作欲击状。自顶至傍，环悬连鼓五个，左右盘蹑一鼓，称曰雷公江天君。"

diàn mǔ
电母

雷公电母

　　雷神是司雷之神，属阳，故称雷公；而电母是司掌闪电之神，属阴，故称电母。

雷部女神

　　电母长有仕女样貌，身穿红袍白裙。两手持镜运光，在雷神击打妖魔时，立在一旁为其照明。

两面神镜

　　两面神镜是雷部宝物，神镜闪出的电光，向上能照耀九天，中间能明亮山川湖海，向下能透彻地府阴曹。

电母的来历

传说在很早以前，雷公身边并没有电母，雷鸣时，并不会发出闪电。相传雷公在惩罚坏人时，由于天黑云厚，疏忽大意，有一次竟然错击了一个孝敬婆婆的儿媳妇。

那是一位苦命的媳妇，年纪轻轻丈夫就去世了，只留下她和年迈的婆婆相依为命，日子过得十分艰难。有一年，婆婆得了重病，躺在病床上的老人瘦得皮包骨头。她多么想吃顿肉啊，可贫穷的她们哪有钱买肉呢？儿媳妇看着可怜的婆婆心里十分难过，她记得自己小时候听过"割腕供姑"的故事，于是躲在屋里割下自己腿上的肉做好了端给婆婆。因儿媳妇常年劳动，腿上的肌肉十分结实，年迈的婆婆牙齿都掉光了，怎么都嚼不烂。不知实情的婆婆还抱怨儿媳妇不孝顺，嘟囔着说好肉都被儿媳妇偷吃了，只给她咬不动的肉筋吃。老婆婆越想越气，不断地抱怨着，还诅咒儿媳妇会遭天雷轰顶。老婆婆的抱怨声传到了雷公的耳朵里，鲁莽的雷公最恨不孝顺的人，顿时火冒三丈，不问青红皂白，手持雷锤雷楔，卷起乌云，风尘仆仆地来到老婆婆家的上空。雷公怒火中烧，对准儿媳妇，手起锤落，轰隆隆一阵滚雷接连击中儿媳妇。善良的儿媳妇应声倒地，不明不白地死去了。

儿媳妇死后，邻居们都前来帮忙办丧事。在为儿媳妇装殓时，婆婆发现在儿媳妇的腿上包扎着白布，上面还有斑斑血迹，婆婆看见伤口，一下子就明白了，原来儿媳妇端给自己的肉是从腿上割下来的。婆婆知道真相后，后悔不已，抱着儿媳妇的尸体放声痛哭。婆婆燃起香，不住地磕头向雷公哭诉着说是自己错怪了儿媳妇，请雷公超度儿媳妇的魂灵脱离地狱，早日投胎。

疏于审慎的雷公听后也后悔得捶胸顿足，主动到玉帝那里请罪，恳请玉帝将儿媳妇救出地狱，并封她为电母，以电光警戒自己曾经所犯的过错。玉帝见雷公态度诚恳便答应了雷公的请求。从此以后，雷公每在发雷之前，电母都会先发出一道耀眼的闪电，以明察善恶，光鉴黑白，待一切前因后果全部掌握清楚以后，才让雷公击鼓发雷。

　　最早时，雷公电母的职责主要是在行雨时施雷电。自先秦两汉起，人们赋予了雷电以惩恶扬善的象征意义，认为雷公电母能辨人间善恶，代天执法，击杀有罪之人，主持正义。在很多古籍和文学作品中，都有雷公电母惩凶驱邪的事迹。

神话传说中的 ANCIENT GOD 凶神 神话词典

- 东汉王充《论衡·雷虚》："'盛夏之时，雷电迅疾，击折树木，坏败室屋，时犯杀人。''其犯杀人也，谓之阴过，饮食人以不洁净，天怒击而杀之。隆隆之声，天怒之音，若人之响嘘矣。'"

- 南宋苏轼《次韵章传道喜雨》："常山山神信英烈，麾驾雷公诃电母。应怜郡守老且愚，欲把疮痍手摩抚。

- 明宋濂、王祎《元史·舆服志》："电母旗，画神人为女人形，衣朱裳白裤，两手运光。"

- 清陈元龙《格致镜原》卷四六引《古琴录》："帝俊有琴名电母，夏月电光一照，则絃自鸣。"

yīng zhǎo

英招

和平的保护神

英招曾参加过百次征伐邪恶神灵的战争，曾帮助黄帝除掉过许多恶兽，是和平的保护神。

遨游天际

英招长着人头，马身，浑身着老虎一样的斑纹；背上生有一对羽翅，常常在天际遨游，嚎叫声回荡在空中。

为黄帝看管花园

英招为黄帝看守在昆仑上的花园，并负责监管花园中的凶猛怪兽，同时还是百花的守护神。

和平的保护神

英招是一只替黄帝看管昆仑山花园的神兽，在多次神魔之战中，曾帮助黄帝消灭了很多魔兽。原来，在黄帝的昆仑山花园里，不但生长着无数奇花异草，同时还饲养着众多凶残不逊的怪兽，它们不仅长相恐怖怪异，而且个个神通广大，只有在英招的监管下，怪兽们才会收起本性，不敢妄动。

共工死后，他的孙子孔壬继任了部族首领，后因犯错被革职，于是投靠了共工的旧臣——恶名昭彰的相柳。在相柳的挑唆下，孔壬表面上假仁假义造福百姓，而实际上却是暗暗积攒力量，时刻想着东山再起，夺回曾经的权力。作为大魔头共工的旧臣，称霸魔界的相柳根本不把孔壬放在眼里，孔壬虽是国君，却不得不低三下四小心翼翼地看相柳的脸色行事。相柳的势力一天天逐渐强大起来，随之也暴露出他为非作歹的本性。相柳与孔壬的勾当终究还是没有瞒过众神的眼睛，纷纷向黄帝谏言，于是黄帝派大禹前去剿杀相柳等人，英招也随同前往。

大禹带领队伍兵临城下，相柳昂起九个脑袋，将巨大的蛇身一盘，黄帝派出近百人一并绞杀，相柳张开九个血盆大口将其囫囵吞下，接着纵身一跃，径直向西北方窜走。相柳所到之处，飞沙走石，山崩地陷，沿途不知有多少人被它的蛇身碾压而死。

此时，英招飞身赶往，联合众神将相柳团团围住，使出浑身解数攻击相柳。最终，相柳被英招等神诛杀，可它腐烂的尸体臭气熏天，并散发出瘟疫肆虐人间。面对相柳腐烂的尸体众神毫无办法，这时英招站出来，他连同霜神和雪神降下寒霜冰雪，将相柳的尸体冷冻冰封，暂时缓解了疫情的扩散。最后，英招又施展神力将上千丈长的相柳尸身分解，分开几百里埋葬，直到此时，剿杀相柳的战斗才算圆满结束。

英招之后又数次参加除魔战争，并立下赫赫战功，最后被天帝调到天庭任职——监管昆仑山的神仙花园。花园里的神兽在英招的监管下很守规矩，日子长了，清闲的英招无所事事，经常在广阔的天空中到处游玩。花园里的神兽们趁英招游玩之际，纷纷跑出花园，有的还为非作歹，危害人间，从而酿成大祸，英招因此遭受了天帝的惩罚。但人们并没有忘记英招曾为民除害的功劳，依然誉他为和平的保护神。

在昆仑山东北四百里的槐江之山有一座悬圃，是黄帝在下方的一座最大的花园。悬圃处在山巅，如悬在云天里。悬园里有很多吃人的神兽：钦原神鸟；模样像羊但长着四只角的土缕；六头树鸟，以及蛟龙、大蛇、豹子等，英招看管着它们乖乖地呆在悬园里。从悬圃再往上就能直达天庭。

神话传说中的 ANCIENT GOD 凶神 **神话词典**

● 《山海经·西次三经》："'槐江之山……实惟帝之平圃，神英招司之。其状马身而人面，虎文而鸟翼，徇于四海，其音如榴。'郭璞云：'徇，谓周行也。'"

lóng bó
龙伯

上古巨人

龙伯为上古巨人。身高三十丈，就连大海的最深处还不及他的腰部，只要几步便可以跨过三山五岳。

龙族后裔

龙伯是龙族的后代，最多能活到一万八千岁，属鬼怪类，拥有一身蛮力，身形巨大无比，搬山倒海无所不能。

龙伯钓神龟

在东海外有一个巨大的渊壑，四周望不见边际，深不见底，这个渊壑就是"归墟"，千百万年以来，海水不断地从四面八方流入此地，却总也灌不满。

归墟里有五座仙岛，分别叫岱舆、员峤、方壶（方丈）、瀛洲和蓬莱。每座岛均有三万里高，岛与岛之间相隔七万里，岛顶有一片九千里的平地，平地上则建有黄金铸造的宫殿，神仙们就住在这些金碧辉煌的宫殿里。岛上的树上结满了珍珠和美玉，晶莹剔透闪闪发光，结的果子人若吃了可以长生不老。五座仙岛上的神仙们个个都穿着白色长衣，背上生着一对白色羽翅，在蔚蓝色的大海上像鸟儿一样自由飞翔。他们在五座仙岛之间飞来飞去，生活得无忧无虑。然而，这五座仙岛都是飘浮在海面上的巨石，下面并没有生根，遇有海潮风浪时就会游来荡去，忽东忽西，非常不稳定。天帝担心五座仙岛会漂到别处，相撞而沉没，于是派海神兼风神的禺强去想办法固定五岛。

禺强接到天帝命令后立即赶到归墟，他同时调来十五只巨大的乌龟。禺强将十五只乌龟分成五组，其中三只为一组，每组负责一座仙岛，一只乌龟将仙岛驮在背上，而另外两只则守候一旁，每六万年换一次班。五座仙岛在五只乌龟背上变得稳稳当当，即使再大的风浪也不会动摇。仙岛下的乌龟偶尔也会活动一下，但只是微微摇晃，并没有倒塌的危险，时间长了，神仙们也习惯了偶尔的震动。就这样，五座仙岛已经平稳地度过了几万年。

在波谷山，有一个龙的种族部落，叫龙伯国。龙伯人是天地间最高大的巨人，他们的身体能长到三十丈高，只要走几步就能跨过三山五岳，而且力大无穷，即使移山搬海也毫不费力。龙伯人还特别长寿，活到一万八千岁是件很平常的事。一天，有一个龙伯人吃腻了山中的猎物，想换换口味，于是扛着钓竿来到东海，打算钓些海鱼回去尝尝鲜。

龙伯人身材高大，只走了几步就到了大海的深处，最深的海水还不到他的大腿，龙伯心想这么浅的水，根本不会有大鱼，于是又往深处走去，来到了归墟。五座仙岛出现在他眼前，龙伯人觉得很好奇，围着五座仙岛转了一圈，随便选了一座仙岛便一屁股坐上去，放下钓竿甩开鱼线便钓起鱼来。他这一坐可麻烦了，仙岛上的宫殿被压得粉碎，要不是神仙们飞得快早就被压扁了，仙岛下的大乌龟被压得苦不堪言。可龙伯人并不知道这一切，继续钓鱼。

仙岛下的十五只乌龟已经几万年没吃东西了，肚子早就饿得咕咕直叫了，见有一个香喷喷的大鱼饵悬在眼前，禁不住诱惑纷纷前去抢食，接二连三就有六只大乌龟被龙伯人钓了上来。龙伯人见有六只大乌龟上钩，十分开心，心想这么大的乌龟也够吃一顿了，于是便收起鱼竿，扛起六只乌龟登上海岸回家去了。

被龙伯人钓走的六只乌龟中，有两只正在驮岛值班，它们背负的岱舆、员峤两座仙岛失去底座，被龙伯人蹚起的海浪一直冲到北极，最后沉没了，岛上的神仙不得不搬迁到另外三个仙岛上。从此以后，五座仙岛仅剩方壶、瀛州、蓬莱三岛仍浮在海上。

两仙岛的沉没，使天帝大发雷霆，决定惩罚龙伯国人。于是流放龙伯人移居到终年不见阳光的北冥极地，让他们的子孙一代一代逐渐变矮，不过直到很多年以后，龙伯国人的个子还是很高。

神话传说中的 ANCIENT GOD 凶神 神话词典

- 《山海经·大荒东经》："'有波谷山者，有大人之国。'郭璞注：'龙伯国人，长三十丈，生万八千岁而死。'"

- 战国列子《列子·汤问》："龙伯之国有大人，举足不盈数步而暨五山之所，钓而连六鳌。"

- 唐张说《入海》诗："龙伯如人类，一钓两鳌连。"

- 唐李白《大猎赋》诗："龙伯钓其灵鳌，任公获其巨鱼。"

- 明罗贯中《三国演义》第四六回："至若龙伯、海若、江妃、水母，长鲸千丈，天蜈九首，鬼怪异类，咸集而有。"

- 清魏源《秦淮镫船引》："十丈长人龙伯国，翻天复地喷波涛。"

èr lángshén
二郎神
yáng jiǎn
杨戬

战神之王 ●

二郎神杨戬腰挎弹弓，侧挂斩妖剑，上缚妖锁，手托照妖镜，另执三尖两刃枪；架鹰驱犬，身怀法天象地神功，威震寰宇。

俊貌堂堂 ●

二郎神杨戬仪容清俊，两耳垂肩，额头生一纵目，运射神光；头戴三山飞凤帽，身罩黄金锁子甲，后披一领鹅黄氅。

神界无匹 |

二郎神杨戬曾斧劈桃山救母，弹打鋛罗双凤凰，只身诛杀八怪，义结梅山七圣，麾下更有一千二百草头神。自成道以来均无败绩。

劈山救母

　　三圣公主下凡追缴凶神，偶遇在桃山求道的书生杨天佑，两人日久生情，不顾世俗结成了夫妻。但天条规定人与神不能通婚，这件事情被玉帝得知后，愤怒的玉帝下旨将三圣公主压在桃山之下。此时三圣公主和杨天佑已有一子名叫杨戬，就在桃山压下之际，被母亲奋力一推，才得以保命。

　　无依无靠的杨戬在逃命的途中遇见一位仙人，这位仙人不但收他做了徒弟，还传授杨戬武学及神通本领。小杨戬天资聪颖，不畏寒暑，日夜苦练，多年以后终于学会了神通的本领，他决心辞别师父去桃山解救母亲。临行前，师父告诉杨戬，当年逃往下界的三头龙被玉帝贬到桃山做了守山大神，如今正和一条妖犬监押着三圣公主，连凶神恶鬼都不敢轻易靠近，并送给杨戬一把神符，助他一臂之力。杨戬救母心切，和师父拜别后，赶往桃山，面对三头龙和妖犬两位守山大神，杨戬毫不畏惧，举起神斧劈头就砍。三头龙和妖犬在桃山作威作福久了，向来没有谁敢挑战它们，见杨戬气势汹汹，不禁有些惊慌失措。可当时的杨戬不过是一个毛头少年，三头龙和妖犬很快便镇静下来，张牙舞爪故作声势地冲向杨戬。只见：妖犬上蹿下跳，呲牙乱吠，伺机撕咬杨戬的两腿；而三头龙左冲右突，三个脑袋满嘴獠牙。杨戬把神斧舞得呼呼作响，风车一般护在身体周围，三头龙和妖犬忙了半天也找不到半点攻击机会。不一会儿，刚才还是目空一切的三头龙和妖犬逐渐没了嚣张气焰，只剩下躲闪的力气了。而杨戬则越战越勇，神斧越舞越急，三头龙稍一迟缓就被杨戬一斧砍断，还没等它挣扎一下，又是一连三斧击中三头，三头龙顿时便一命呜呼了。妖犬一见三头龙已死，深知自己性命难保，急忙跪伏倒地向杨戬不住磕头求饶："英雄饶命，英雄饶命！还没问英雄为什么来桃山，我甘为英雄做马前卒，请英雄收留！"杨戬收了神斧，说自己是三圣公主的儿子，前来桃山救母。妖犬忙说："我与三头龙是玉帝派来看管桃山的山神，我愿助你救出母亲！"妖犬起身告诉杨戬，桃山顶端有一处"山眼"，是山体最薄弱的地方，若"山眼"受创，桃山必倒。杨戬听后，升到半空，举起神斧向桃山"山眼"奋力劈下，顿时山崩地裂，紧接着一阵"轰隆隆"巨响，巨大的桃山被杨戬手拿斧头齐劈得塌下一半。三圣公主得以脱身，杨戬和母亲终于得以团聚。

那把神斧因力劈桃山耗尽神力，化作一缕青烟飘走了，没有兵刃的杨戬将来该怎么对付赶来兴师问罪的天兵天将呢？这时，妖犬献计说道：三头龙本是九天玄精所化，若能以神力锻炼便能铸造出神兵利刃。三圣公主听后便和杨戬在桃山下，按照九宫八卦阵架起火炉，依照玄女铸剑的方法锻炼三头龙的尸体。最终，三头龙的血肉化作一阵飞烟飘走，鳞皮则变成玄铁，最终被炼成一把鬼神皆惊的三尖两刃刀！此时，三圣公主又点化妖犬为细犬，名唤啸天犬，伴随杨戬冲锋陷阵。自此，杨戬梅山收六圣，弹打双凤凰，只身剿杀八魔怪，麾下随行一千二百草头兵，天地间横刀立马，威震八方。后来，三圣公主和玉帝讲和，杨戬被封地灌江口，号唤二郎显圣真君。

在中国汉族民间信仰中，二郎神影响相当广泛，自古以来，多以四川灌口为二郎崇祀正宗。汉族民间二郎神崇拜兴盛，凡驱傩逐疫、降妖镇宅、整治水患、节令赛会等各种汉族民俗行为都信奉二郎神；有关二郎的传说被编入戏剧，甚至影响到地名、山名，其故事至今广为流传。

神话传说中的 ANCIENT GOD 凶神 神话词典

● 明吴承恩《西游记》第六回：那猴王即掣金箍棒，整黄金甲，登步云履，按一按紫金冠，腾出营门，急睁睛观看那真君的相貌，果是清奇，打扮得又秀气。真个是——
仪容清俊貌堂堂，两耳垂肩目有光。头戴三山飞凤帽，身穿一领淡鹅黄。
缕金靴衬盘龙袜，玉带团花八宝妆。腰挎弹弓新月样，手执三尖两刃枪。
斧劈桃山曾救母，弹打鋋罗双凤凰。力诛八怪声名远，义结梅山七圣行。
心高不认天家眷，性傲归神住灌江。赤城昭惠英灵圣，显化无边号二郎。

● 明许仲琳《封神演义》第四十回："这道人带扇云冠，穿水合服，腰束丝绦，脚登麻鞋，至帘前下拜，口称'师叔'。子牙曰：'那里来的？'道人曰：'弟子乃玉泉山金霞洞玉鼎真人门下，姓杨，名戬；奉师命，特来师叔左右听用。'"

● 明本《二郎宝卷》："开山斧，两刃刀，银弹金弓；升天帽，蹬云履，腾云驾雾；缚妖锁，斩魔剑，八宝俱全。照妖镜，照魔王，六贼归顺；三山帽，生杀气，顶上三光；八宝装，四条带，腰中紧系；黄袍上，八爪龙，紫雾腾腾。"

阿修罗
ā xiū luó

形象狰狞 ●———

　　阿修罗王形象众多，最常见的是面生三眼，三头六臂，手托日月；面色青黑，口吐烈焰；双足踏浪立在海上，身高超过须弥山。

八部之神 ●———

　　六道中的阿修罗道，属天龙八部中诸神之一。似天神，却无善行；似鬼蜮，却具神威；似人，却又神通鬼恶。是介于人鬼神之间的怪物。

对抗天界 ●———

　　阿修罗人是杀伐好斗的凶神恶鬼，也是唯一可与天神对决的八部之神。男子普遍生得极丑，生性斗狠；女子却极美，赛过天仙。与天庭相互嫉妒，征战不休。

阿修罗之战

天地初分，万物化育生长之时，水精偷偷地进入了一个在海里游泳的仙人体内，仙人分娩时生下一个肉卵，起初以为是个怪胎，便丢弃在海里。就这样，时间过去了八千年，有一天，天雷大震，响彻长空，那个被仙人丢弃的肉卵应声裂开，从里面飞出一位女巨人。这位女巨人比须弥山还要高，头上长着一千只眼睛、二十四只腿脚、九百九十九个脑袋和九百九十九只手。

女巨人后来生下一个儿子，其子天生神通广大，能自由往来于天地间，就连天上美丽的仙女也对他痴迷不已。女巨人为自己的儿子向美丽的乾达婆女求婚，两人结婚后，子孙世代繁衍，就是后来的阿修罗族。

阿修罗族日渐繁盛，后来逐渐形成一个国家，国中女子个个美貌绝伦，风情卓越；而男子却面目狰狞，个个骁勇好战。住在须弥山上的天神帝释天爱上了阿修罗族的公主，便将公主娶到须弥山上做了嫔妃，可喜新厌旧的帝释天很快便厌倦了公主，曾经骄傲的公主被天神帝释天冷落，伤心地将自己的委屈告诉了父亲阿修罗王。阿修罗王听后火冒三丈，立即发兵包围了须弥山，战争一触即发。面对气势汹汹的阿修罗军队，天神帝释天胆战心惊，这时他忽然想起佛祖曾对他说过，如果遇到灾难就念"般若波罗蜜咒"便可化险为夷。随即，天神帝释天便念动"般若波罗蜜咒"，顿时天空气象骤变，乌云翻滚，天雷震动，云端中瞬间飞出四只刀轮。每把刀轮分别由五把刀的刀柄尾部结为圆心，刀尖朝外，像一架风车似的飞速旋转。四只刀轮飞入阿修罗军队，眨眼之间，队伍里血肉飞溅，惨声震天，鲜血染红了须弥山下的海水。阿修罗王险些被切去手脚，及时遁入莲藕的方孔中才躲过一劫。

阿修罗族损失惨重，元气大伤，至此与须弥山上的天神帝释天结下了永不解除的世仇。

许多年过去了，天神帝释天不顾阿修罗族对他的仇恨，又看上了一位阿修罗人的女儿。天神帝释天派天庭乐神去求亲，不怀好意的乐神透过音乐威逼利诱阿修罗人答应婚事，愤怒的阿修罗人不但将乐神暴力驱逐，还集结兵力准备攻打天庭。这时，天神帝释天又念起"般若波罗蜜咒"。阿修罗军队因上次吃过刀轮的亏，急忙撤兵，全部遁入莲藕中躲避刀灾。趁阿修罗族没有军队守卫，天神帝释天抢走了阿修罗族所有的女人，阿修罗王派人上到天庭与天神帝释天谈判。阿修罗使者不畏强权，正义凛然地指责帝释天身为佛家门徒，却犯色戒和盗戒，天神帝释天羞愧难当，只得归还抢来的阿修罗族女人。为了缓解双方的敌对态势，天神帝释天还拿出天庭独有的甘露作为礼物送给阿修罗族，阿修罗族见天神帝释天诚恳道歉求和，便将女儿嫁给天神帝释天，并表示愿意投入佛门。

阿修罗的男人们虽然受佛门持戒，但仍不信正法，本就生性好战的他们又因为天神帝释天送的那棵甘露树而引发战争。甘露的果实甘甜可口，人吃了可以长生不死，而这棵甘露虽然根生在阿修罗地，高高的树干却长到了天庭上，结的果子被天上的神仙吃了，阿修罗族只能得到落下的叶子。阿修罗人非常气愤，用斧子不断地砍伐树干，而甘露树却砍了又生，生了又砍，阿修罗人感觉受到了天庭的侮辱，于是，世世代代都与天庭冲突不断。

佛经中记载了很多阿修罗王，最著名的有四位：一个叫婆雅稚，是阿修罗与帝释天作战的前军统帅；一个叫罗骞驮，两肩宽阔，驱海推波，啸吼如雷鸣；一个叫毗摩质多罗，九头，每头生千眼，九百九十手，八足，口中吐火；一个叫罗睺，能以巨手覆障日月之光。每位阿修罗王都统领着千万名阿修罗人。

神话传说中的 ANCIENT GOD 阿神 神话词典

- 《胎藏界七集》卷下《伽陀经》："毗摩质多罗阿修罗王有九头，头上有千眼，口中出火，有九百九十手，唯有六脚，身形四倍于大须弥山。"

- 《观音经义疏记》："阿修罗有千头二千手、万头二万手，或三头六手，持不饮酒戒，男丑而女端正。"

- 章炳麟《訄书·地治》："印度之言阿修罗者，译言'无酒'，一曰'非天'，谓其酿酒不成而不为天帝也。"

神话传说中的

凶神

ANCIENT
GOD

神话传说中的

魔神

图鉴

chī · yóu

蚩尤

魔界战神

蚩尤面如牛首，长有四眼，头生牛角，铜头铁额，发似盘蛇，须如刀剑；背生双翅，并长有六臂两腿，以沙石、铁块为食。周身燃烧着愤怒的火焰，万物生灵都不敢靠近。

所向披靡

蚩尤发明了冶金技术，同时还是兵器的发明者。蚩尤的六手臂各持兵器，左足登弩，右足蹑矛，所向披靡。

群魔之首

自炎帝被黄帝打败后，带领族人回到南方做了南方天帝。本为炎帝部下的蚩尤最初归顺了黄帝，护驾在黄帝龙车左右，负责巡视天地，可原来蚩尤的心底却一直等待时机重振旗鼓，夺回本该属于本族的天帝神位。这天，机会终于来了，蚩尤发现一处铜矿，并利用铜矿发明了剑、矛、戟、盾等兵器，蚩尤见时机已到，于是率九黎三苗的族人举兵倒戈黄帝，以雪前耻。蚩尤本以为炎帝会和自己一样，伺机起兵征伐黄帝，然而，令他万万没想到的是，炎帝并不愿意挑起战争，使自己的族人再次陷入战火之中。没有炎帝的支持，蚩尤只好伙同八十一个兄弟攻打黄帝。然而这并非易事，只有锋利的兵器而没有强大军队是行不通的。蚩尤对南方苗民恩威并施，胁迫他们跟随自己一起北上征战。许多天神也被蚩尤征召麾下，其中包括风伯雨师、神荼郁垒、魑魅魍魉等神魔精怪，他们早已对黄帝心怀不满，蚩尤振臂一呼，他们纷纷响应。蚩尤魔军凶猛异常，一路向北，所向披靡，直至涿鹿。

大战初期，蚩尤九战九胜。蚩尤魔军千变万化，行云布雨、驱烟施雾，天旋地转，雾障茫茫，致使涿鹿四处笼罩在一片烟雾之中，伸手不见五指。黄帝的将士们一个个像被蒙了双眼，毫无还手之力，虎豹熊狼肆意袭击，致使死伤无数，直到指南车开到阵前指路，才一时扭转战局。但迷障被破除后，蚩尤随即派出魑魅魍魉，让他们用叫声迷惑黄帝将士，凡是听到声音的人便迷失本性，一个个循声找去，被埋伏在暗处的魔兵一刀砍下头颅，不明不白地做了刀下鬼。黄帝再一次陷入败局，他广招天地大神，命应龙和女魃前去应战，这才挽回败局，但也因此付出了沉重的代价，应龙与女魃神力耗尽而不能回天。

由蚩尤发起的涿鹿之战，激烈程度空前绝后，天地人神纷纷加入战场。直到"九天玄女"传授黄帝兵法并赠以神兵，才得以转机。蚩尤虽然勇猛无比，但只仗恃蛮力，究竟不能抵敌黄帝的谋略，自两军对阵涿鹿以来，经过七十一场对阵，最终以黄帝的胜利而告终。

蚩尤在冀州被俘，黄帝处以斩立决，身首异处，分解为二，所以命此地叫做"解"，如山西的解县。附近有盐池，名解池，方圆一百二十里，盐水呈红色，据说是蚩尤的血。确定蚩尤已死，黄帝才命人除去蚩尤手脚上的枷铐。被血染的枷铐抛掷大荒，化做一片枫林，鲜红的树叶，是蚩尤的斑斑血迹。

据说殷周时代鼎彝上面刻绘的怪兽，就是蚩尤。后代的国君们把蚩尤的形象刻绘在鼎彝上，用来警戒那些野心勃勃、有非分之想的臣僚和诸侯们。

神话传说中的 ANCIENT GOD 凶神 神话词典

- 《山海经·大荒北经》："蚩尤作兵伐黄帝，黄帝使应龙攻之野冀州之野。应龙畜水。蚩尤请风伯雨师，纵大风雨。黄帝乃下天女曰魃，雨止，遂杀蚩尤。"

- 先秦史籍《逸周书·尝麦篇》："蚩尤驱逐赤帝〔炎帝〕，赤帝求诉于黄帝，二帝联手杀蚩尤于中冀。"

- 西汉司马迁《封禅书》"三曰兵主，祀蚩尤"。

- 三国王象《皇览·冢墓记》复云："蚩尤冢，在东平寿张县阚乡城中，高七丈，民常十月祀之。有赤气出如匹绛帛，民名为蚩尤旗。肩脾冢，在山阳巨野县重聚，大小与阚冢等。传言黄帝与蚩尤战于涿鹿之野，黄帝杀之，身体异处，故别葬之。"

- 南朝任昉《述异记》云："蚩尤'食铁石，''人身牛蹄，四目六手，耳鬓如剑戟，头有角。'"

- 唐张说《初学记》卷九引《归藏·启筮》云："蚩尤出自羊水，八肱八趾疏首，登九淖以伐空桑，黄帝杀之于青丘。"

- 北宋李昉、李穆、徐铉《太平御览》卷七八引云："蚩尤兄弟八十一人，并兽身人语，铜头铁额，食沙石子。"

- 北宋沈括《梦溪笔谈》卷三云："解州盐泽……卤色正赤……俚俗谓之蚩尤血。"

xíng tiān
刑天

巨灵天神 ●

刑天的头颅同山丘一般大小，身体巨大，一手持巨斧，另手则持一块青铜方盾，气冲牛斗。

头葬常羊山 ●

常羊山常年阴云郁结，闷雷在山谷中轰鸣回响，据说那是不甘心的刑天从伤口内喷出的愤怒之气。

无头勇士 ●

刑天也称形天，和黄帝争夺神位失败后被砍断了头，后被黄帝将头埋在常羊山下。刑天雄心不灭，竟然用两乳为双目，肚脐作口，持巨斧和盾牌继续战斗。

壮志冲天

传说刑天原本是一个无名的巨人。由于勇猛异常，不惧生死，后成为炎帝的大臣。炎帝被黄帝推翻后，被流放到南边做了南方天帝，炎帝虽然忍气吞声，不和黄帝抗争，但他的儿子和手下却不服气。当蚩尤举兵反抗黄帝时，刑天曾想和蚩尤一起去参加这场战争，但因为炎帝的坚决阻止没有成行。蚩尤战败被杀后，刑天再也按捺不住他那颗愤怒的心，于是偷偷地离开南方天廷，径直奔向中央天廷，打算和黄帝争个高低。

刑天手持巨斧铁盾，杀向中央天庭所在的昆仑山。当刑天走到西泰山时，突然狂风大作，大雨倾盆，在狂风暴雨中传来喊杀声，只见风云深处有两人手执兵器迎面杀来。来者是黄帝部下的风伯和雨师。刑天毫不畏惧，举斧迎上前去。三人战在一处，杀得地动山摇，鬼神皆惊。没过多久，风伯和雨师便体力不支，两人心知不是刑天的对手，慌乱抵挡一阵后，便扭头败走。随着风伯和雨师的离去，风停雨止，刑天继续赶往昆仑山。

不多时，刑天便赶到昆仑山。负责守门的天神陆吾远远看见刑天气势汹汹，急忙上前拦下。刑天怒喝道："与你无关，快叫黄帝出来应战！"陆吾好言相劝让刑天回到炎帝身边。可刑天正在气头上，根本听不进陆吾的劝告，推开陆吾便硬往里闯。陆吾有守卫之责，一语不合便大打出手，只是几个回合，就被刑天打翻在地。刑天不顾陆吾劝阻，抬腿径直向宫内冲去。宫内守卫手持兵器一字排开拦住去路。刑天杀心正盛，异常凶猛，左劈右砍，如虎入羊群般，打得天兵天将人仰马翻。

黄帝一声断喝止住刀兵，出现在宫门前，手持宝剑威风凛凛正对刑天，只见寒光一闪，势如闪电划破长空，黄帝神剑刺向刑天，刑天左手举盾抵住剑锋，右手挥斧而出，如狂风刮过般，直取黄帝要害。一场棋逢对手的战斗打响了，黄帝剑锋如龙似蛇，斩破云天；刑天巨斧惊风破浪，劈山断路。

黄帝虽身经百战，神力无穷，但遇上刑天这样的对手，也不免心虚力短，且战且走。而刑天却是越战越勇，步步紧逼，从天上打到地下，一直将黄帝逼迫到常羊山。

黄帝心知仅凭武力一时难以降服刑天，心里暗想办法如何取胜。这时，黄帝跳出战圈，对刑天说道："山前地势狭小，你敢随我登上山顶打个痛快？"胸无城府的刑天哪知这是黄帝计谋，便爽快地答应后转身登山而上，丝毫不防备身后的黄帝。走在后面的黄帝趁机出剑，只听"咔嚓"一声，砍下刑天那颗像小山丘一样的巨大头颅。刑天突遭偷袭，头颅滚落山下，忙伸手在地上摸寻。

黄帝担心刑天找回头颅，还会与他纠缠打斗，忙奋力挥剑劈开常羊山。只听"轰隆"一声巨响，常羊山被劈成两半，刑天的头颅滚入断谷之中，随即又是一声巨响，裂缝重新合二为一，将刑天的头颅深埋常羊山山底。

刑天再也找不回自己的头了，极度悲愤的他挺身屹立，体腔中一股冤怒之气破空而出，凝成乌云，久久不散。不甘失败的刑天，化双乳当眼，肚脐为嘴，重振雄风，气冲霄汉，继续挥舞着巨斧和盾牌，宁死不屈地想要继续战斗。而此时的黄帝则早已回到了天庭，稳稳地坐在天帝宝座上了。

在炎帝被黄帝战败之前，刑天是炎帝手下的一位大臣。他生平酷爱音乐，曾为炎帝作乐曲《扶犁》，作诗歌《丰收》，总名称为《卜谋》，以歌颂当时人民幸福快乐的生活。

神话传说中的 ANCIENT GOD 凶神 神话词典

- ● 《山海经·海内西经》："刑天与帝争神，帝断其首，葬之于常羊之山。乃以乳为目，以脐为口，操干戚以舞。"
- ● 东晋陶渊明《读山海经》：
  精卫衔微木，将以填沧海。刑天舞干戚，猛志固常在。
  同物既无虑，化去不复悔。徒设在昔心，良辰讵可待！

kuā fù

夸父

后土后裔

夸父常年居住在成都载天山，是大神后土的后裔。夸父左手持黄蛇，右手缚青蛇，双耳穿黄蛇。

天生巨人

夸父族人个个身材高大，力大无比，腿上肌肉发达，骨骼强健，善于奔跑，瞬息万里。

助战蚩尤

蚩尤与黄帝决战涿鹿时，曾一时兵败，蚩尤请夸父族人助战，虽扭转一时战局，但最终还是战败。

夸父追日

在黄帝时期，北方大荒中，有座名叫成都载天的大山，大山高与天齐，山上住的夸父族是大神后土的后裔，他们个个身材高大，专门喜好替人打抱不平。首领夸父是族人中身材最高，力量也是最大的，而且他果敢勇猛，气概非凡。当时成都载天地处荒凉，毒蛇猛兽横行，人们生活十分艰苦。为了族人的生存，夸父每天都率领族人们上山狩猎，与洪水猛兽搏斗。夸父还将毒黄蛇挂在自己的耳朵上，以激励其他人勇敢地与自然做斗争。

有一年，大地发生了严重的旱灾，太阳像个大火球，烤得大地龟裂，江河湖泊干涸，放眼望去一片荒凉。夸父族全体出动找水抗旱，但到哪儿找水呢？首领夸父眼看着天上的太阳还在肆意散发着热量，自己的族人却奄奄一息，他顿时怒火中烧，发誓要把太阳降服，让太阳按照人的意志来运行，为人类造福。这天一大早，太阳从海面缓缓升起，夸父迈开大步开始了他逐日的征程。太阳在空中飞快地运行，奔跑中的夸父像疾风般紧紧追赶。夸父不停地追呀追，饿了，便顺手摘下身边的野果充饥；渴了，就捧一口河水解渴。不休止地奔跑使夸父疲惫不堪，但是一想到族人受苦受难，他无法坐下休息。

夸父在心里不住地鼓励自己：就要追上太阳了，族人们的日子就好过了。

太阳东升西落，夸父追了一圈又一圈，经过九天九夜不停地追赶，终于距离太阳越来越近了，此时，光灿灿、热乎乎的太阳就在顶上了。夸父跨过了一座座高山，淌过一条条大河，终于在落日居住的地方——禹谷，停了下来，与太阳近在咫尺了，此时的夸父心里兴奋极了。可是就在他伸手要捉住太阳的时候，眼前一黑，一阵眩晕后，高大的身体像山一样轰然倒塌。因为过度的兴奋和体力的严重透支，夸父就在成功之前的一瞬间再也支持不住，晕倒了。等他醒来后，太阳早已开始了下一圈的运行，消失得无影无踪了。夸父并不气馁，使尽全身力气，又开始了逐日的奔走。当他再次靠近太阳时，太阳的热浪一次又一次袭来，耀眼的强光刺得他睁不开双眼。夸父焦躁难耐，感觉身体里的水分都被蒸干了，夸父只好停下来，转身来到东南方的黄河，伏下身体痛饮河水，不一会儿，黄河里的水都被他一口气喝干了，夸父还是觉得渴，又转到渭河，最终，渭河也被喝干了，夸父还是不解渴。于是他打算向北，去喝大泽的水。可是，夸父实在太累了，就在他走在大泽的途中，巨人再一次跌倒。夸父遗憾地看着西沉的太阳，长叹一声，把手杖奋力向太阳抛去，闭上眼睛死了。第二天早晨，太阳神气活现地从东方升起，一看颓然而倒化成大山的夸父，也不由暗暗钦佩夸父的勇气。说也奇怪，经太阳光一照，夸父的手杖竟化成一片桃林，满树枝挂着硕大的果实。

大泽又叫瀚海，是鸟雀们繁殖幼儿和更换羽毛的地方。跌倒的夸父满眼愤恨地望着西沉的太阳，长叹一声，将手杖奋力抛向太阳，含恨而死。第二天，太阳依然在东方升起，夸父尸骨（也说手杖）溶于大地，化作一片桃林（也说邓林），幅员三百里，有马纵其间。

另外一个说法是夸父是战死的。黄帝灭蚩尤，兵伐共工（后土的父亲），共工部族败，被黄帝围。作为共工的后裔，夸父族不忍共工族覆亡，助其突围，自行断后。逃至函谷关时，夸父族被黄帝部将应龙射杀，而共工得以脱逃。

神话传说中的 ANCIENT GOD 凶神 神话词典

- 《山海经·海外北经》："夸父与日逐走，入日。渴欲得饮，饮于河、渭。河、渭不足，北饮大泽。未至，道渴而死，弃其杖，化为邓林。"

- 《山海经·大荒北经》："大荒之中，有山，名曰成都载天。有人珥两黄蛇，把两黄蛇，名曰夸父。后土生信，信生夸父。夸父不量力，欲追日景，逮之於禺谷。将饮河而不足也。将走大泽，未至，死于此。。"

- 唐张鷟《朝野金载》卷五云："辰州东有三山，鼎足直上，各数千（十）丈。古老传云，邓夸父与日竞走，至此煮饭，此三山者，夸父支鼎之石也。"

gòng gōng
共工

凶神之首

共工乃炎帝后裔，是北方水神，是尧的属神。长有人面蛇身，赤发如火。与驩兜、三苗、鲧并称"四凶"，后被尧流放于幽州。

性情暴躁

共工能言善道，行事嚣张，性情暴躁。披着红发，并生有一身髭毛，铁臂虬筋，力大无穷，身高一丈有余。

神通广大

共工神通广大，在与颛顼之战中，一人独挡祝融、力牧、句芒和英招等四位神将，还能独占上风。

魔头帮凶

共工手下有两名恶名昭彰的凶神：一位是长着九个脑袋、人面蛇身，性情残酷贪婪，专以杀戮为乐的相柳；另一位则是长得凶神恶煞，能看透人心思，并对人施以蛊惑的浮游。

共工独战群神

传说大禹受天帝指派，率领应龙等大小群龙前来治水，此事惹恼了水神共工。在治水工程进行到邛山时，共工横加阻挠致使大禹无法继续开通河道。大禹只好暂停工程，并亲自找到共工，劝说他不要兴风作浪，制造水害，为百姓留一条生路。谁知共工根本不把大禹放在眼里，话才说到一半便命手下撵走大禹。

大禹深知共工不听劝告，回来后加倍努力继续开通河道，并小有成效，共工得知后顿时火冒三丈，运用神力驱洪水肆意横流，致使洪灾更加严重。大禹派出随行的应龙、黄龙、白龙、苍龙一起出动攻打共工，并动员华夏民众协同作战。共工四处作恶，声名狼藉，早已失去人心，于是百姓应声而起，纷纷参战。

面对百姓全体动员，共工仅率两员部将前来应战。共工勇猛无比，两员部将更是本领高强，双方整整厮杀前后一个多月，仍然没有分出胜负。没有人是共工的对手，大禹见共工无人能敌，便派各部神龙带领民众轮流上阵，不让共工休息，共工即使无人能敌可面对大禹轮流攻击，渐渐力疲，只好脱离战圈，仓惶而去，大禹的工程才得以继续。

水神共工是炎帝后裔，是火神祝融的儿子，他长着人面蛇身和红色的头发，性情十分暴躁。在黄帝与炎帝的战争中，共工曾帮助炎帝作战，虽然最终炎帝战败，但共工的战功却是十分卓著的。

共工氏部落的人能言善辩，话说得天花乱坠，但行事却邪僻，表面上恭敬，但实际上内心狡诈，只是碍于伏羲的威德而暂时隐忍。伏羲之后，华夏人民尊奉女娲，共工氏不服，心存嫉恨。当时水域要远远大于陆地，占七分有余，因此水神优势颇显，共工仗此傲视群神。

共工性格暴躁，容不得压迫，又兼受祖辈世仇的影响，暗中纠集天上同受压迫的众神，自立盟主，统领炎帝余部突然发难颛顼。共工和颛顼之间的战争十分猛烈，共工麾下以神通广大的相柳和浮游为首，群魔响应；而颛顼不但有众神听命调遣，他的几个儿子也个个神鬼畏惧。颛顼的叔辈，北方海神兼风神的禺强的本领更是使人忌惮。

在此次战争中，共工的威力发挥到了极致，祝融、力牧、句芒、英招四位大神围攻共工一人，仍然伤不到他。

双方从天上打到凡间，一直打到不周山。不周山恰似一根巨柱，直上云霄；山上不生苍松翠柏，尽是一层层堆垒上去的赭黄色的峥嵘的岩石。双方军队打到天柱下，胜败难分。暴躁的共工因一时不能取胜，陡然怒气发作，一头撞向不周山，"轰隆隆"一声巨响，刹那间把撑天柱拦腰碰断，致使天塌西北，地陷东南；日月星辰西落，江河东去。可是纵然共工有通天彻地的本领，但不得人心还是以失败告终。

因共工撞断山体，使山脉形体缺残不周匝，所以取名"不周"。在大荒北野和北方海外两处各建共工台，方形台的每个角落各有一条蛇守卫，虎斑，蛇头向南。因两台位居北方，凡射箭的人都不敢朝着北方射，可以想见，人与神对共工威灵的敬畏。

神话传说中的 ANCIENT GOD 凶神 神话词典

- 《山海经·海内经》："炎帝之妻，赤水之子聽沃生炎居，炎居生节并，节并生戏器，戏器生祝融，祝融降处于江水，生共工。"

- 战国荀况《荀子·成相》："禹有功，抑下鸿，为民除害逐共工，北决九河，通十二渚疏三江。"

- 汉代《尚书·舜典》："流共工于幽州，放驩兜于崇山，窜三苗于三危，殛鲧于羽山，四罪而天下咸服。"

- 西汉刘安《淮南子·天文训》云："昔者共工与颛顼争为帝，怒而触不周之山，天柱折，地维绝。天倾西北，故日月星辰移焉；地不满东南，故水潦尘埃归焉。"

- 南宋罗泌《路史·后纪二》注引《归藏·启筮》："共工人面蛇身朱发。"

fēi lián

飞廉

神兽形状

飞廉长着孔雀脑袋，头顶生有一对狰狞恐怖的角；身体像鹿，上面长有豹子一样的斑纹，身后长着一条蛇尾。

商朝臣子

飞廉原是商纣王的臣子。因行走迅速，生前曾做过通讯一类的官，死后封为风神。

人格化的风神

汉朝以后，飞廉由神兽逐渐人格化。形象变为一位白须老翁，左手持轮，右手执扇。

风神飞廉

　　飞廉，也叫蜚廉，是专门管风的风神。传说飞廉与蚩尤同在祁山拜师修炼，飞廉勤奋好学，不畏寒暑，白天纳天精地灵，夜晚固体存神。有一天，飞廉正在安神纳气，本来晴好的天空，突然狂风大作，乌云翻滚，一阵暴雨突然降下。飞廉无意往对面山上一瞥，发现有块大石头在风雨中悬飞起来，飞廉觉得很奇怪，便停下修炼观察起来。只见那块石头，风雨越急就飞得越高，到天晴后又静静地停在原处一动不动。在以后的修炼中，飞廉一直留心观察着对面的石头，发现每有风雨时，石头都会飞起来，天晴后又恢复原状，于是飞廉决定到对面去看个究竟。

　　在一个风雨交加的夜里，飞廉来到白天练功的地方，只见那块石头又悬飞起来。飞廉立刻绕道攀到对面山上，来到石头旁边。就在飞廉靠近的刹那间，悬在半空中的石头突然变成一个大布袋般的东西。像有生命似的，深吸地面两下气再朝天空喷出，顿时狂风更猛，飞沙走石，布袋飞快地旋转在风中。飞廉看准机会纵身一跃，一把抱住布袋。原来，这个布袋是"风母"，平时晴天时就像一块石头一样停在山上，只有在风雨时才迎风而动。风母不但能运行五季（春、夏、长夏、秋、冬）气候，还能推动八面来风。有了风母，飞廉很快便学会了驾驭风的法术，加上他本就是一个飞毛腿，就成了一位风神，被称作风伯。

　　蚩尤举兵反抗黄帝决战涿鹿，战局瞬息万变，双方各有胜败。本来就不甘服从黄帝的飞廉加入了蚩尤队伍，和雨师并肩作战。黄帝派应龙对付魑魅魍魉，而后应龙行雨想要水淹蚩尤。飞廉和雨师早就预料到应龙会使水攻，于是将计就计，趁应龙降雨时，飞廉和雨师一同施法，将雨下得更急，风刮得更猛。飞廉驱动狂风扭转云头，结果被洪水淹没的不是蚩尤军队，而是黄帝阵营。黄帝军队损失惨重，在洪流中溃败而散。此一战蚩尤大胜，直到后来黄帝召来旱魃驱退洪水才得以再一次扭转局势。

飞廉本是商纣王时大臣，生子名叫恶来，飞廉行走如飞；恶来孔武有力，飞廉在纣时任类似通讯官员；恶来做纣的侍卫。恶来树敌众多，很多诸侯大臣因恶来的诋毁而受惩罚，后被武王军屠杀。此时飞廉正在北方为纣置办石棺，回京时，纣已自杀，飞廉在霍太山建祭坛。时下国破儿死，悲伤的飞廉病死山中，葬于霍太山。

神话传说中的 ANCIENT GOD 凶神 神话词典

- 《山海经·大荒北经》："蚩尤作兵，伐黄帝，请风伯雨师，纵大风雨。"

- 春秋屈原《楚辞·离骚》："'后飞廉使奔属。'王逸注：'飞廉，风伯也。'洪兴祖补注：应劭曰：'飞廉，神禽，能致风气。'晋灼曰：'飞廉鹿身，头如雀，有角，而蛇尾豹文。'"

- 西汉刘安《淮南子·真》："真人骑蜚廉，驰于外方，休于宇内，烛十日而使风雨。"高诱注："蜚廉，兽名，长毛有翼。"

- 东汉应劭《风俗通义·祀典》："以楠燎祀风师。风师者，箕星也，箕主簸扬，能致风气。"

- 作者不详《三教源流搜神大全》："风伯神为飞廉，致风气；身似鹿，头似爵，有角，尾似蛇，大如豹。"

- 东晋张协《杂诗十首·其十》："飞廉应南箕，丰隆迎号屏。云根临八极，雨足洒四溟。"

píng yì
屏翳

神人赤松子

据说屏翳就是赤松子。其外形似野人，头发蓬乱，瘸腿跛足，相貌古怪，身披草领，腰系皮裙，手上还挂着根柳棍。

蚕子形象

有古籍上称，屏翳又叫"荓号"，身如一只蚕子，身体虽小却能使天空浓云密布，顷刻间降下倾盆大雨。

最早的雨师

屏翳是最早的雨师。最早，巫师们祈雨时要身穿羽衣，打扮成鸟的模样，所以雨师屏翳是戴羽冠着羽衣的形象。

雨师赤松子

传说屏翳便是赤松子，是炎帝统治时期的一名施雨的雨师。赤松子修习仙术，经常往来于昆仑山，一来二去渐渐地与西王母成了朋友，西王母还送过他一粒不死药。赤松子不食人间烟火，只以水玉为食，他说食用水玉不但可以祛病，还可以延年益寿，并把这种修习方法教给了炎帝。后来赤松子跳入火中，不但没有烧死，还化成仙人飞升天庭。

飞升成仙的赤松子一走就是几百年，他走后再也没有人会祈天降雨了，因此大地干涸，地上的生灵们也濒临绝迹，为此，炎帝日夜忧愁。有一天，有一位蓬头垢面，瘸腿跛足，相貌古怪的人来到炎帝面前。只见他身披草衣，腰系兽皮，手上拄着一根柳棍，对炎帝说道："您不认识我了吧，我就是赤松子啊！"

炎帝听说来人是赤松子，抓着赤松子的手激动地说："先生，你可回来了，我正为干旱发愁呢！"

原来，赤松子走后，就跟随着师傅登上昆仑山，在西王母曾住过的石室里修炼，师傅得道后化为飞龙游弋三山五岳之中；而赤松子则化身为一条刚长出角的小龙虬，追随飞龙身后，也学会了行云布雨的法术。

炎帝心中大喜，请赤松子立即施法降雨，赤松子吞下"冰玉散"，立刻化成一条红色的虬龙，伴随一声龙吟腾飞上天。顷刻间乌云滚滚，电闪雷鸣，大雨倾盆而下。从此赤松子又回到炎帝帐下继续做雨师，专门负责行云布雨。

后来炎帝战败来到南方做了南方天帝，而黄帝则做了中央天帝，而后因蚩尤兴兵起义，作为炎帝的旧臣，赤松子随兵而起，在涿鹿助战蚩尤。会同风伯飞廉联合出阵，赤松子化作一条虬龙，飞廉化为一只小鹿，合力施法。刹那间，天昏地暗，狂风暴雨，涿鹿上下一片雨雾茫茫，人神都被笼罩在伸手不见五指的混沌之中。黄帝的军队都像是失去了视觉，面对来敌丝毫没有还手的能力，一时间死伤无数。蚩尤依仗赤松子和飞廉能呼风唤雨的优势，九战九胜，黄帝且战且退，直退到泰山。后来黄帝召众神商议对策，找来女魃才得以扭转战局。最终蚩尤被杀，赤松子和飞廉被俘，黄帝并没有治罪他们，反而将它们召为部下，封为雨师和风伯。

五帝以后，天下再没有人能够约束风伯和雨师，他们成了两个只能祈求不能驱使的大神，以农业为主的远古社会，人们将两位尊神请上最高祭坛，以国礼级仪式祭拜，祝祷风调雨顺，五谷丰登，保佑平安。

神话传说中的 ANCIENT GOD 凶神 神话词典

- 《山海经·大荒北经》："蚩尤作兵，伐黄帝，请风伯雨师，纵大风雨。"

- 《山海经·海外东经》："'雨师妾在其北。'郭璞注：'雨师谓屏翳也。'"

- 西汉司马迁《史记·司马相如列传》："'召屏翳。'正义引应劭云：'屏翳，天神使也。'"

- 西汉刘向《列仙传》："赤松子者，神农时雨师也，服水玉以教神农，能入火自烧。往往至昆仑山上，常止西王母石室中，随风雨上下。炎帝少女追之，亦得仙俱去……"

- 东晋干宝《搜神记》："雨师一曰屏翳，一曰号屏，一曰元冥。"

- 唐张说《喜雨赋》："屏翳惭其废职，祝融悔其迁怒。"

xiāng liǔ
相柳

凶神无匹

相柳是上古时代汉族神话传说中最臭名昭著的凶神。是水神共工最得力的干将，相柳长有九个脑袋，九个脑袋上分别长着人的面貌，怒目冒火，蛇一般的身体大时有几千丈长，一次能吃下九座山上的生灵。

所到之处遍地成灾

相柳身体内含有剧毒，所到之处，不但残食所有生灵，甚至连走过的地方都会变成充满恶毒瘴气的泽国。

死后也能祸乱

相柳从嘴里喷出来的水毒辣无比，沾染后便会死亡；死后身体里流出来的血，污染土地，寸草不生；尸体腐烂后散发的臭气还能传播瘟疫等疾病，甚至深埋地下都掩盖不了。

九头魔神

相柳，又称相繇，是上古凶神。长有九个脑袋和蛇身，吃人无数，所到之处皆会洪水肆虐。相柳是共工的一员猛将，在与颛顼一战中面对众多战神从无败绩，可见其战斗力极强。

共工战败后，相柳暂时收敛恶行，伪装出改过前非的假象，却在背地里结集势力。经过一段时间的休养生息后，相柳觉得为共工报仇的时机到了，于是他再次肆虐横行。

当时正值大禹治水，工程正由西向东逐渐开进，最终将洪水导向大海。工程过后，洪水被驯服，人们收成有了保障，生活也逐渐好了起来。此时相柳异军突起，不但将原本修好的堤坝河道一一摧毁，还残食人畜，喷吐毒水，致使土地浸染剧毒，草木寸草不生，人畜难活；被毒浸染的洪水四处泛滥，淹没一片片陆地，大地上的生灵不但失去生存的土地、遭受洪水吞噬，还要面临相柳的屠杀。大禹得知后，为了避免人们受苦，决定前去找相柳谈判。哪知，相柳根本不把大禹放在眼里，一语不合便将大禹轰出门外。大禹见谈判不成便下决心除掉相柳。

大禹上天庭请众多大神合力围剿相柳。相柳将千丈蛇身缩卷后猛力一甩，顿时山崩地裂，地动山摇，九个脑袋齐张大嘴，无数军兵被吞噬。大禹、应龙各率众神在空中、陆地和水中三处合围一齐杀向相柳，相柳毫不畏惧，张开九口喷出剧毒，众神不敢硬闯，只能采用迂回躲避。相柳独战众神，还能力压群雄。大禹采用当年颛顼攻打共工的"车轮战术"，命众神轮番上阵群攻，不休不止。相柳虽然神通广大，但终究难敌群攻，身疲力竭的相柳往西北一路窜逃，所经之处又是一片血海悲鸣。

最后，相柳终于被众神剿杀，但灾难并没有结束。相柳生前到过的地方变成散发着毒水瘴气的沼泽，所流出的黑血腥臭无比，被黑血沾染的地方树木枯萎枝叶焦干，多年之内都无法种植庄稼。相柳巨大的尸身腐败后更是腥臭熏天，还散发着瘟疫四处扩散。见此情景，众神束手无策，大禹只好命人广掘大坑将相柳尸身掩埋，可仍然无法掩盖腥臭，接连填埋了三次厚土，逐渐成了一个地下巨坑，更可怕的是，坑的四周还在不停地塌陷扩散。

最后，大禹在众神的帮助下引来河水，在巨坑上建成一个大湖，并由五方天帝在湖岸上用湖泥筑起高台，联合众神之力镇压相柳，这才得以平息这次祸乱。

浮游，总是和相柳同时出现的凶神，他和相柳是共工部下最重要的干将，战力不在相柳之下。因共工被颛顼打败，倔强的浮游见无力挽回战局，不甘苟活，沉淮自尽而死。

死后的浮游曾化身一头红熊跑进晋平公的寝宫，害得晋平公大病一场。

神话传说中的 ANCIENT GOD 凶神 神话词典

- 《山海经·大荒北经》："共工臣名曰相繇，九首蛇身，自环，食于九土。其所歍所尼，即为源泽，不辛乃苦，百兽莫能处。禹湮洪水，杀相繇，其血腥臭，不可生谷。其地多水，不可居也。禹湮之，三仞三沮，乃以为池，群帝因是以为台，在昆仑之北。"

- 《山海经·海外北经》："共工之臣曰相柳氏，九首，以食于九山。相柳之所抵，厥为泽溪。禹杀相柳，其血腥，不可以树五谷种。禹厥之，三仞三沮，乃以为众帝之台。在昆仑之北，柔利之东。相柳者，九首人面，蛇身而青。不敢北射，畏共工之台。台在其东，台四方，隅有一蛇，虎色，首冲南方。"

后卿

hòu qīng

战死涿鹿

后卿原为黄帝部
下的一员大将。后卿
骁勇善战，颇受黄帝
重用，曾帮助黄帝攻
打蚩尤。后被蚩尤众
多兄弟围杀，不幸战
死涿鹿。

愤怒的尸魔

后卿战死后，被
曝尸荒野，他的魂魄
更是在四周游离，长
期以往，后卿的怨
念越来越重。脸上的
皮肉早已溃烂，并露
出牙床，外貌狰狞恐
怖；干瘪的手臂不再
是生前的粗壮有力，
但干枯的手爪却更加
狠毒可怕。

犰魂入体

后卿死后，犰的
魂魄侵入体内，身下
生有两条粗壮的犰腿
虎爪，暴戾残忍。

后卿成魔

后卿是共工的儿子，后土的弟弟，也是黄帝部下一员得力的大将，后卿骁勇善战，神力无比，可在涿鹿参加围剿蚩尤的战斗中不幸被围，最终战死沙场。

战死后的后卿曝尸沙场，没能及时收回，后卿的魂魄便四处游离没有安神的地方，日子久了，饱受飘零之苦的后卿魂魄渐渐对黄帝产生了怨恨之情。

正巧，当初犰的魂魄被一分为三封存各处，如今破封而出伺机报仇。其中一道犰魂魄被后卿的怨气所吸引，游走到后卿的尸体旁，侵入后卿的身体。犰生前对女娲的怨恨与后卿对黄帝的怨恨合二为一，伺机报复。

后卿被犰魂魄侵入后变成了一个拥有强大妖力的尸魔，虽然他的身躯并不高大，可是他不但能平地腾飞，还拥有一种十分可怕的诅咒妖术。尸魔夜闯黄帝大营，凭借犰魂魄强大神力，冲破重重禁区，所向披靡，无人能挡。黄帝军营顿时大乱，眼见就有全军覆灭的危险。

地上的喊杀声和惨叫声直冲九霄，惊动了天上女娲大神。女娲紧急召见幽冥大帝后土等四神，随女娲大神一起赶赴黄帝军营，一起合力最终消灭了尸魔。后卿尸魔虽然短命，但造成的灾难却惊天动地。后卿临死时降下诅咒——凡含冤而死的人都会变成尸魔！从这以后所有被剿杀的凶神一律要火焚尸体，就是为了防止后卿所下的诅咒起尸成魔。

山海经中没有后卿的记载，而后卿作为上古十大魔神，有一种说法是出自《元阳志略》。但也说该书为后人杜撰。

神话传说中的 ANCIENT GOD 凶神 神话词典

● 《元阳志略》："后卿者，为祇（后土）胞弟，受祇往帝剿魔……"

yíng gōu

赢勾

戾气冲天

由于犼的魂魄的侵入，腰下呈现出犼的身躯和四肢，怨恨和戾气使其怨气冲天。

冥海守神

赢勾浑身钢筋铁骨，强壮的虎形臂膀力大无比，手持一柄鬼头钢叉，是凶神恶煞般的冥海战神。

天神成魔

赢勾原是黄帝部下的一员大将，虽变成魔尸，但身上仍散发着一丝威武之气。

尸魔嬴勾

嬴勾本是黄帝部下一员得力战将，曾立下过无数战功。可是有一次黄帝派嬴勾执行一项重要任务，临行时对嬴勾千叮万嘱一定要按照事先制定的计划行事。嬴勾却认为自己是一名久经沙场的战将，有着丰富的作战经验和显赫的战功，到了战场对黄帝事先制定的作战计划产生了怀疑，于是另行制定了一套自己的方法，结果导致任务失败。黄帝得知后雷霆震怒，但念及嬴勾战功卓著，死罪可免，可活罪难逃，便将嬴勾驱出大营，发配到阴间守护黄泉冥海。

嬴勾心底对于黄帝的处罚愤愤不平，认为黄帝冷酷无情，完全忘记了自己曾为他拼命杀敌。他独自守在阴暗寒冷的冥海上，周遭一片死寂昏黑，随着时间的流逝，他对黄帝深深的怨恨也变得越来越深。

后来魔王犰的残魂游荡到了冥海。嬴勾一直惩凶缉恶，一见凶兽的魂魄立刻出手击杀。可是犰魂魄的神力远远在嬴勾之上，残魂几乎毫不费力地便侵入了嬴勾体内。

嬴勾奋力反抗不能挣脱，此时，犰魂魄早已深入体内，犰魂魄窥视到了嬴勾的内心，利用他对黄帝的愤恨，对嬴勾许下承诺，助长其神力报复黄帝。嬴勾既然无法摆脱犰魂魄，又不能脱离冥海，只能同意与犰魂魄合二为一。

嬴勾与犰魂魄的合并最终成就了一个强大无比的魔神，嬴勾听命于犰魂魄的指令行事，形同傀儡僵尸。有犰魂魄护体，嬴勾神力大增，不仅刀枪不入，水火不侵，就连神魔都不惧。嬴勾长啸一声飞离阴间冥海。这时的嬴勾完全迷失了本性，出于对黄帝的怨恨报复人间，残杀生灵。

黄帝见嬴勾如此作恶，持着九天玄女给他的神剑亲自应战嬴勾。嬴勾依仗犰魂魄给予的强大神力，与黄帝整整厮杀了七七四十九天。最后黄帝的神剑刺伤了嬴勾的身体，眨眼之间，犰魂魄的神力倾泻而出，嬴勾的身体也随之破碎。但灵魂并没有随之灭亡，带着无尽的怨愤化作一道黑光逃走，黄帝无数次派出神兵寻找，但始终没发现其踪迹。接下来很长一段日子里，嬴勾的灵魂随时都会侵入到另一具尸体上，使人间灾难横行。

　　《阅微草堂笔记》中提到：赢勾本是守护黄泉冥海的天神，由于帝女女魃的尸体坠入冥海，而与女魃尸体上残存的僵尸血融合成为僵尸先祖，是吸食型僵尸的真祖。汉语赢勾：有勾引的意思，也作谎骗。

神话传说中的 ANCIENT GOD 凶神 **神话词典**

● 金董解元《西厢记诸宫调》卷七："'说尽虚脾，使尽局段，把人赢勾厮欺谩。'
凌景埏校注：'赢勾，勾引，也作谎骗解释。'"

后 记

　　神话产生于人类的童年时代，是中国文学史上混合了原始性、幻想性和超自然性的一朵艺术奇葩。它反映了古代人民对世界起源、自然现象及社会生活的原始而不失天真的理解。如鲁迅在《中国小说史略》中所说："昔者初民，见天地万物，变异不常，其诸现象，又出于人力所能以上，则自造众说以解释之：凡所解释，今谓之神话。"神话作为"一种规范和高不可及的范本"（马克思语），以其瑰丽奇谲的想象、深广奥博的意蕴，成为浪漫主义的源头和民族文化的瑰宝。

　　神话的产生虽早，但用文字记录下来却晚，我国古代并没有系统地记载神话的专门典籍。很多神话故事和传说都散佚在各种典籍、书注甚至类书征引的佚亡古书中。为了便于现代读者阅读，本套"神话怪物图鉴"参考并梳理了包括《山海经》《左传》《尚书》《春秋》《礼记》《淮南子》《楚辞》《论衡》《史记》《后汉书》在内的近百种古代典籍，同时收集了一些流传于民间市井的神话传说故事。"神话怪物图鉴"将所搜集到的神话怪物分为"灵兽""鬼怪""山精""水妖""凶神""恶煞"等十二大类，每一大类又按其出处归并为三小类、二十五条目，每一条目由人（怪）物图解、神话传说、神话词典三部分组成。

　　在图解部分，绘者根据古代典籍中的描绘，利用现代绘画技术，栩栩如生地还原了该角色在古书中的形象，使那些艰深晦涩的文字，从古书中走出来，变得生动可感，同时结合文字描述，图解了该形象区别于它者的特征。神话传说部分则参考诸多版本，选择了更符合现代读者阅读兴趣的一则（或几则）传说故事，在图解之余拓展了角色的经历，使得人（怪）物的形象更加丰满。神话词典部分，则选择性地列举了该神话怪物的重要出处及具体内容，方便读者参考及查阅。本套丛书中的所有故事完全脱自典籍，人物个个出处可考，在体现原汁原味的中国传统叙事风格的同时，为读者建立了纵向的中国古代神话故事谱系和脉络。

值得指出的是，由于神话产生于人类的童年时期，囿于彼时的时代背景和生产力水平，人们对很多自己当时无法认识的事物产生过盲目崇拜或恐惧，在幻想并解释这些"高深莫测"的事物时，融入了自己天真、朴素甚至有些荒谬的理解，例如鬼怪之说。而今天的读者已可知并且确信，鬼怪之说纯属无稽。我们将其收录于丛书中，并无肯定及宣扬之意，只是在文学史上神话传说这一支脉中，《搜神记》《述异记》《聊斋志异》等志怪小说确实是旁逸斜出却又精彩纷呈的一支。为使读者对我国古代的神话人物有全面而系统的了解，我们将诸多鬼怪列于其中，请读者在阅读时加以甄别。